·—— ·奇想文库· ——·

十二月小姐与月亮家族

[意] 安东尼娅·穆尔戈　著

赵文伟　译

南京大学出版社

奇想国童书
Everafter Books

项目策划　奇想国童书
特约编辑　孙金蕾
版式设计　李燕萍

十二月

十二月小姐

15岁，保姆，杂技演员，走钢丝的人，空中飞人。她有一顶和她形影不离的蛋白酥形状的帽子，也许是因为凸起的圆顶、顶部的毛毡卷和外翻的帽檐周围的丝带，总让她想起一顶华丽的马戏团帐篷。

穆恩罗先生①这样评价她：

"一个会表演杂技的笨蛋。"

①穆恩罗，moon 的音译，月亮家族妖怪继承人及其直系亲属的姓氏。

11岁，妖怪的次子，神童。他有一头浓密的黑发，时常穿着烧焦的衣服。他喜欢躺在烤箱里，或是柔软的面包上；喜欢在壁炉里玩耍；喜欢从烟囱口探出头来，就像从窗台上探出头来那样。

科尔文

科尔文·穆恩罗

穆恩罗先生这样评价他：

"一个脾气有点儿急躁的小家伙。"

厨娘，女仆，穆恩罗别墅的女管家。她做的樱桃曲奇是全城最好吃的。

马尔霍尼小姐

妮蒂亚·马尔霍尼

穆恩罗先生这样评价她：

"她比妖怪还可怕。"

特雷莫尔城的妖怪，月亮家族的一员。他身穿夜蓝色西装，圆形和有棱角的纽扣上描绘着月相。他习惯抽一支没有点燃的烟斗，喜欢说双关语。

穆恩罗先生

迈克尔·欣姆·穆恩罗

十二月这样评价他：

"他真是个好人。"

16岁，妖怪的长子，生来被家族误以为不会魔法而被冷落。一头红发，眼珠黑得如同黑暗本身，脸上布满雀斑。他化名欧内斯特，打入刺尘内部，挥舞着一根烧焦的木头似的黑色的拨火棍。

欧维斯特

欧维斯特·猫头鹰①·穆恩罗

穆恩罗先生这样评价他：

"他的存在几乎是个秘密。"

---

①猫头鹰有智慧的象征，暗示欧维斯特虽然用起魔法来比较笨拙，但头脑非常聪明，拥有智慧，后来打入敌人内部，保护家族成员安全。

刺尘的创始人和首领，巨人，非凡的剑客。他挥舞着一根金色的拨火棍。他相信可以通过杀死妖怪消除恐惧。

维斯佩罗

威尔逊·维斯佩罗

穆恩罗先生这样评价他：

"一个可怕的刺粉①。"

维斯佩罗的狗腿子，小偷，挥舞一根金属拨火棍。

当穆恩罗先生发现他被捆得像一根萨拉米香肠时，肯定会说点儿什么的。

梅佐迪

---

①应该是"刺尘"，以维斯佩罗为首的企图消灭妖怪的组织名称。穆恩罗先生从来不会把这个组织的名字念对，以此来表达对这个组织的轻蔑与不屑。

目 录

致安东尼奥，

谁知道呢！你料到了吗？

01

烟囱口

十二月张大嘴巴，揉了揉眼睛——有个孩子在这家的烟囱口上！

她见过婴儿床和婴儿车里有孩子，见过信箱和脏衣篮里有孩子，见过大炮和老虎笼子里有孩子，但从没见过烟囱口里有孩子。那孩子的头像一团烟，从石砌的烟囱口冒出来，乌油油的头发在风中飘飞，像是有一只乌鸦在他的两耳间筑了巢。

有一点她可以肯定，那个孩子正注视着她。因为车道上没有别人，划分别墅边界的栅栏门外也没有其他人。

这座房子是一栋两层的红砖建筑，顶部有一个塔楼，房子两侧各有一排黄色的树。花园的地上有些枯叶，窗户上则能看到藤蔓植物，仿佛冬天尚未抵达此处。

十二月拿出那份印有招聘广告的剪报，比对了眼前的地址和门牌号：一致。

"您是来面试的吗？"为她开门的女管家问，"我从窗户看见您了。"

十二月点了点头，小心翼翼地走了过去。

"烟囱口里有个孩子。"她担忧地小声说道。

"不然呢，他该在哪儿？"那个女人反问，同时拍了拍围裙上的灰，"您跟我来，穆恩罗先生正等着您呢。"

十二月犹豫了一下。她的目光越过瓦片和烟囱口的砖块，最后瞥了一眼屋顶——那个孩子不见了。

她温顺地跟着女管家进门，穿过一个宽敞的门厅，二楼的长廊环绕着门厅蜿蜒而行。墙面和栏杆是一种暖棕色——栗子皮色，樱桃木的楼梯沿着东面的墙向上延伸。而另一边，十二月的目光越过一排镶嵌着繁复装饰的柱子——一间华丽的餐厅隐约可见。

女管家径直往前走，走到一扇画着蜂窝、镶嵌着菱形玻璃的双开门前停了下来。女管家把十二月带进了一间书房，书房里还有一个舒适的小客厅，可以看到一个生着火的壁炉、一张茶几和一张沿墙面弧度摆放的半月形沙发。

女管家指着满屋书架中间的一个衣帽架对她说："您的东西就放在这儿吧。"接着她又拍了拍围裙上的灰，然后快步走开了。

只剩下十二月一个人了。她把她那个表面是用碎皮子拼凑而成的皮面手提箱放在地上，把连帽斗篷和红黄相间的蛋白酥形状的帽子挂在衣帽架上，然后，在那张半月形的沙发上坐下来。

她看着拉上的窗帘，窗帘上的图案是栖息在枝头的苍头燕雀和知更鸟。她注意到房间里还有一盏落地灯、一个金色的地球仪和一个边缘带流苏的脚凳，却差点儿没有觉察到坐在她对面的男人。

"穆恩罗先生？"她问道，满心疑惑他是从哪儿冒出来的。

那个人点点头，却懒得看她一眼。他穿着一身优雅的夜蓝色西装，浓密灰白的胡须很有特点，似是从烟袋锅里冒出来的一缕缕烟，在他太阳穴的两侧跳动着。此刻，他骨瘦如柴的食指正翻着一张折成手风琴状的纸。

"毫无疑问，您的简历是我收到过的内容最长的简历，十二月小姐。"穆恩罗先生说。

"哦，谢谢您。"

"恐怕这并不是赞美。"

十二月紧闭双唇，将双腿和脚尖并拢——她希望以这种方式让自己至少变小一点儿。

"我看到您这两年从事过很多类型的工作，其中大部分只做过……怎么说呢，很有限的时间。"他一边沉思，一边将着冒烟的胡子，有小羊毛球一样的东西从他的脸颊上飞下来，又被吸进壁炉的灰烬里。

"有些意料之外的，怎么说呢……阻碍。"她喃喃地说，试图重新集中注意力。穆恩罗先生抬起一只手，让她住口。

"您做过有轨电车售票员，某一天下午，三点到五点。"

"卷筒卡住了，后来，零件都轱辘走了……"

"您擦过鞋。两天。"穆恩罗先生再次打断她。

"他们没告诉我要先用鞋刷刷掉鞋上的灰，再上油，如果他们……"

"您卖过花。三天。"

"那次对我不公平，花瓣几乎都在……"

"我都不知道还有这些工作：卖草莓的小贩、一家蝴蝶标本专卖店的蕾丝装饰制作者、音乐盒调音师、歌剧剧本装订工、公路交通图伪造者。我对最后这个很好奇。这是做什么的？"

十二月向前探了探身子，示意他靠近。"博拉大道，"她低声说，"其实并不存在。"

穆恩罗先生做了个鬼脸，然后继续翻看十二月的简历。

"简历上说您是在马戏团长大的。现年十五岁，两年前，为了找工作，您搬到了城里。"

十二月点了点头。

"我必须指出，小姐，您没有推荐人，也没有什么技能，而且非常非常年轻。您至少知道做保姆最重要的规矩是什么吧？"

十二月认真想了一下。做饭？不是，做饭是厨娘或者女管家的事；讲故事？父母，或者哥哥姐姐可以给他讲故事，如果这个孩子幸好有这些亲人的话；教识字？家庭教师可以教，可穆恩罗先生似乎没打算找家庭教师。

"是这样，我……"

"总之，我不认为您是我要找的那个人。不过，还是要感谢您抽空来了一趟。"穆恩罗先生说完站起身，把食指从那张纸上拿开，给她指了一下门。然后，他转过身，背对着她，坐到房间尽头一张桃花心木书桌的后面，继续忙他的事。

十二月失望地站起身，裙子被她坐得皱皱巴巴的。她大步朝门口走去，从那里取回手提箱和挂在衣帽架上的斗篷——但她那顶蛋白酥形状、红黄相间的帽子不见了。

当她在书房最高层的书架上看到那顶帽子时，她吓坏了。帽子怎么到那上面去了？木梯子的高度还不到书架的一半，而且那帽子正好卡在脚凳、落地灯和金色的地球仪之间。

"您还没走？"穆恩罗先生一边在堆积如山的文件上潦草地写着什么，一边问。

"我的帽子……"十二月指着书架告诉他。

穆恩罗先生只是回答："拿走吧。"

如果是那顶带蜡制小蘑菇装饰的红帽子，或是那顶带向日葵的黄帽子，她可能会把它留在这儿，任其在书堆里发霉。但这是她最喜欢的一顶帽子。

十二月将裙摆揽在手中，开始助跑，然后跳跃。她将右脚踩在软包脚凳上，身体侧弯了一下，顺势又跳了一下，让左脚落在梯子上，再让右脚撑住落地灯。随着最后一跳，她够到了地球仪，她踮起脚，绕着地球仪转了一圈——终于，她的手碰到了帽檐。她抓着帽子，跳了下来。裙子在她的胯部周围膨成一朵云，十二月轻轻地落在家具旁边。

"祝您度过愉快的一天！"她满意地大声说着，把帽子扣在头上。

"您被录用了。"

"您说什么？"

穆恩罗先生一跃而起，绕过书桌，从屋子那头走到十二月面前。

"您还想要这份工作吗？"他问道，一双灰色的大眼睛审视着她。

也许是她的礼貌打动了他，也许是她用坚定而又洪亮的语气祝他度过愉快的一天给他留下了深刻的印象，也可能是她的品位——毕竟，红黄相间、蛋白酥形状的帽子绝无仅有。十二月点了点头，她简直不敢相信自己的耳朵。

"好，马尔霍尼小姐会带您去看您的新房间。妮蒂亚。"穆恩罗先生叫道，同时敲了一下门。刚才那个女人再次出现在门口，同样拍打着沾满灰尘的围裙。

"穆恩罗先生，"十二月在跟着女管家沿走廊离开之前说，"就在我进门之前，我看见烟囱口里有个孩子。"

男人露出灿烂的笑容，一弯月牙儿在他云朵般的灰白胡子中间发光："我很高兴你们已经见过面了。"

02

壁炉里

书房外的温度突然降了下来，十二月感觉凉风在她的脚踝周围打转，她将斗篷裹紧了一些。

她跟着女管家，迈着僵硬笨拙的碎步，沿着二楼的长廊，向她的新房间走去。

天花板上垂下一盏巨大的黑色水晶吊灯，整座房子里数它最引人注目。水晶吊灯弯曲的灯臂上装饰着羽毛和深色的卷须缠绕的常春藤，一群雕刻的乌鸦——它们有野生胡萝卜一般橙红色的喙和闪闪发光的猩红色的眼睛——正透过蜡烛的火焰盯着她。

"穆恩罗先生到底是做什么的？"她问马尔霍尼小姐。女管家一直在拍打围裙，搞得到处都是灰尘。

"令人心生敬畏。"

十二月忍住没笑出来："当然，可是，他的工作……"

"我们到了。"

女管家突然停下来，推开门，接着后背贴在墙上，让开空间好让她进去。

"您会知道的，在您在的这几天里，一切都会没事的。"

几天。十二月感觉到胃部一阵绞痛——确实，她从没在一个地方待过很长时间。

马尔霍尼小姐拍打着她沾满污渍的围裙走了。十二月悄悄走进房间，随手关上身后的门。

周围是拱形的窗户、彩绘的墙面和优雅的壁灯。

右侧有一张四柱床、一个衣柜、一把扶手椅、一张茶几和一张带镜子的梳妆台。她面前是一张书桌和一个小书橱。最后，房间的左边有一个带木脚的马约利卡陶①大壁炉。

___

① 马约利卡陶是对意大利锡釉陶的泛称。十五世纪西班牙烧造的锡釉陶常经由马约利卡岛输入意大利，因此，马约利卡原指此类外观带特殊虹彩的陶器，至于将意大利锡釉陶称为马约利卡陶则要迟至十六世纪后半叶。——译者注

她从来没有住过这么大的房间。事实上，她从来没有过属于自己的房间。这两年，她一直住在一家简陋的旅馆里，那里的床垫很薄，根本睡不好。在马戏团那些年，她睡在大篷车里，那大篷车是一间墙上贴满节目单的铁皮屋，看上去像个罐头。大篷车里没有壁炉，没有烟囱，连一根蜡烛都没有，但所有人都说她幸运。他们是这样说的："这样，妖怪就找不到你了。"他们还给她讲了一个故事：一个由阴影组成的男人，夜里爬进点燃的壁炉。他嘶哑的声音听起来像火焰，噼噼啪啪，他布满皱纹的脸和烧焦的木头上的沟壑融为一体，他的红眼睛像炽热的木炭间的火花一样跳动。而当你意识到他的爪子伸进房间时，一切已经太晚了……

　　有些夜晚，十二月听到壁炉打着嗝儿吞咽最后一根木头的声音时还是会吓一跳。她立刻把那个故事从脑子里赶走——天知道她为什么偏偏在这个时候想起这些。现在，她有一个漂亮的房间，还有一张舒服的床，可以安然入睡。

　　她抗拒不了内心的冲动。她跳上床垫，在柔软的棉布床单间翻滚。然后，她溜下床，像一个参观博物馆的女学生一样，凝视着被装在相框里并挂在墙上的干花。

　　梳妆台的隔板上，各种瓶瓶罐罐排成行：乳液、香水和系着蝴蝶结的各种盒子——里面装满化妆油、香粉、发蜡、梳子和发夹。

衣柜里，连衣裙、半身裙和围裙塞得满满的，都快溢出来了。最高的那层隔板上摆着一排涂了蜡的帽子；再往下，底部，有一个刻着字的木箱子。

十二月抓住那个箱子，把它从衣柜里拖出来，箱子侧面的名牌上写着：十二月小姐。

她笑着打开门锁，翻开盖子，合页发出嘎吱声。她很纳闷儿，穆恩罗先生怎么这么快就刻好了名牌。也许他为每一个应聘者都准备了一块名牌，决定雇用她后，就让马尔霍尼小姐把这个名牌钉在箱子上。她想象不出箱子里还会有什么了，在探索这个房间的过程中，她已经发现了衣服、帽子、化妆品和女孩子想要的一切。

尽管如此，当她发现箱子里装的是四个壁炉工具时，还是有点儿失望的。箱子里放着一把火钳、一把铲炉灰用的铲子、一个凌乱的扫把头，还有一个中间刻着一朵花的木制吹尘器。仔细一看，吹尘器上刻着的不是一朵花，而是一只张开的手的轮廓，印在锃亮的木板上。十二月一只手转动着吹尘器，一只手在冰冷的木头上滑动，直到手指与凹槽吻合。好奇怪的礼物，她打量着这个吹尘器：波浪形的轮廓，嵌入的织物装饰，还有尖细的鸟嘴型的出风口。她把吹尘器倒过来，冲着自己按下手柄——一股凉风扑面而来，她禁不住打了个喷嚏。

她揉了揉胳膊。是时候感受一下房间左侧那个装饰精美的壁炉了。一开始，她以为那是个五斗柜，后来，她注意到了外面镶的那层瓷砖和一个小门，还有小塔似的、一直通到天花板的烟道。壁炉上画着一棵光秃秃的大树，树上点缀着锯齿状的类似火星子的枯叶。十二月觉得很适合。

她把工具原封不动地放回箱子里，然后把几块木头、一个纸球和她在一个篮子里找到的一根火柴（篮子里堆了很多火柴）扔进炉子里以点燃壁炉。屋子里瞬间暖和起来了，火苗的噼啪声取代了牙齿打战和有节奏地跺脚的声音。

她正要窝在床边的扶手椅上，突然听见有人敲门。

"穆恩罗先生送的。"马尔霍尼说着，递给她一个装满甜点的托盘。

十二月欣然接受，把托盘放在门口的茶几上，但当她转过身想表示感谢时，马尔霍尼小姐已经不见了。她叹了口气，重新关上门。

她尽情欣赏了一会儿这个装得满满的托盘：有果酱曲奇和浆果味的黄油点心、巧克力松饼和蜜饯葡萄、一块松软的胡萝卜蛋糕以及一块软软的装饰着苹果块和焦糖糖霜的环形蛋糕。她刚要伸手去拿一块樱桃果酱曲奇，便又听见有人敲门。

"马尔霍尼小姐，您是不是忘了什么？"

门外空无一人。

真奇怪。她关上门，准备继续吃曲奇——刚刚可能是她听错了。

可还没等她咬上一口，敲门声再次响起——咚咚咚，很清晰的三下。

她把门开了一条缝，从门缝里向外偷看——门外一个人都没有；她把头探出门外，左看看，右瞧瞧——走廊上也空荡荡的。

"马尔霍尼小姐？"她喊道。她的声音在长廊外回荡，像一袋弹珠奔赴下水道的入口，结局就是——无人回应。

她跑到窗前，拉开窗帘，只看见了一部分小路和一小片黄树林。太阳落至大门的拱形栏杆之间，落到红色的石墙之外。她只好折回房门口。走到屋子的正中央时，她停了下来，盯着嗡嗡作响的壁炉膛，火花正朝着炉壁喷射着。壁炉里面，传出了铁锈剥落的咯咯声、干巴巴的击打声和金属的吱嘎声。

咚咚咚。

她本不想理会这些声音，继续回去吃她的曲奇，但很快，轻微的声音变成了一种猛烈且连续不断的刮擦声。

咚，擦擦，咚。

十二月在壁炉前蹲下，热气烘烤着她的脸庞，模糊了她的视线。她用袖口擦了擦额头烤出的汗，伸出手，准备抓住炉门把手，可她还没来得及这么做——只听"砰"的一声，把手自己开始旋转，然后炉门从里面被打开了，接着一个小男孩从炉子里滚了出来，落在满是灰烬的地板上。他皱巴巴的衬衫下摆从裤子里掉了出来，衣领和袖口都烧坏了。他看起来最多也就十一岁，一头浓密乌黑的头发，浓密到仿佛有烟雾在他的头顶上缭绕——滚落到地板的那一刻，他的头发乌黑到可能已经被烤焦了。

"天哪！"他大叫着，用手心拍打着自己的身体各处，接着拉起一个衣角，沮丧地看着发黑的边缘，"衣服的褶边一点儿都不结实，我会告诉穆尔库斯，还有弗林基。"

"你，你……谁……什么……怎么？"十二月指指孩子和壁炉，又指指壁炉和孩子，惊慌失措地说。她还没想好怎么向这个男孩询问眼下发生的一切，那孩子就一跃而起，开始在房间里四处乱窜。

"说，你把它放到哪儿了？"他一边问，一边环顾四周。十二月皱起了眉头。小男孩则看了一眼壁炉，火仍在烧。

"不，别告诉我，我自己找。"说着，小男孩爬上化妆凳，在那些玻璃瓶中间翻找。"这儿没有。"他嘟囔着，从一堆瓶子里拿起一个，在手里转来转去。顷刻间，瓶子里的液体似乎沸腾了，气泡沿着瓶身嘶嘶往上翻滚，然后冲出瓶口，桌子瞬间就被泡沫淹没了。

"你在干什么？"十二月边喊边追着他跑。

"这儿也没有。"他继续自言自语着跳到一边，把头埋进了装内衣的抽屉里。他从抽屉里抓起的是一双完好无损的袜子，等他再放回去时，脚趾的部分已经烧没了。接着，他径直走向书桌。他在冒烟的鹅毛笔中间翻找："没有。"他在熔化的直尺间翻找："没有。"他在发黑的笔记本和烤过的书页间翻找："没有，没有。"最后，他走到书架前，在架子上乱翻一气："这儿也没有。"

怎么会这样？小男孩可以把他碰到的一切全部烧焦——烧成灰。

"我能知道你是谁吗？"十二月脱口而出地问道。她试图捡起一本本被灼裂的书，却一下子看到书脊上他刚刚留下的骨瘦如柴的小手印。

男孩站住了，把书架上的最后一本书扔在地上，眼睛狠狠地瞪着她。他有一双灰蓝色的大眼睛——灰色多于蓝色。"你可真没礼貌。我是科尔文。科尔文·穆恩罗。"

他伸出手，要跟她握手。

十二月看着他发红的指肚：它们像生日蛋糕上的小蜡烛似的闪闪发光。接着，她看了看梳妆台隔板上的空瓶子、烧焦的袜子和散落在地上的烧黑的书脊——她向后退了一步。

"你并不像看起来的那么笨。"科尔文说着，收回手，吹了吹发烫的手指。

"你……你就是那个烟囱里的孩子！"十二月惊呼道，"我是……"

"我知道你是谁，"科尔文说着，假装打了个哈欠，"你是那个名字很奇怪的人。你会给我当几天保姆。"

几天。十二月又有了那种奇怪的感觉——胃绞痛的感觉。

"看见你从壁炉里滚出来当然很奇怪，"她说着跪到壁炉旁，"好在对于奇怪的事物，我是内行。我是在马戏团长大的，你知道吗？"

"你在干什么？"科尔文咬牙切齿地问。

"我在找密室，"十二月回答，她把耳朵贴在炉壁上，"门、活板门、夹层，或是你为了出来，玩过的任何把戏。"

她躺在地上，一只胳膊伸到炉子下面，手指触碰着木地板间的缝隙。"我们马戏团有个魔术师，他叫大七——七代表七月。我曾在几场演出中担任他的助手，我必须钻进一个秘密的夹层里藏起来，直到他把观众的注意力引开。哦！"她突然大叫一声，坐了起来，"你是不是碰巧用了一种转移注意力的方法？我承认，听到有人敲门时，我分心了，但我从来没想过马尔霍尼小姐会跟你合伙……"

科尔文抓起一瓶香水，丢在地上，把十二月吓了一跳。

"把戏？你觉得我只是在玩把戏？"

灯光逐渐暗了下去。科尔文的影子投在地板上，开始不成比例地弯曲、变大，直到将四面墙壁完全覆盖。

"我明白了，你很厉害。收手吧。"十二月说着，举起双手表示投降。

小男孩冷笑一声，然后整个人开始慢慢消失——他尖锐的五官变得柔和，衣服上的褶皱变平，凌乱的头发变得更加漆黑柔软，直到他的身体彻底化成一团浓烟。

"告诉我它在哪儿！"那团浓烟命令道，一双红色的眼睛飘浮在半空。

十二月勉强站了起来，她的膝盖在发抖："我真的不知道你在说什么。"

"吹尘器，"那个声音清楚地说，还是科尔文的声音，但听起来好像来自很远的地方，"在哪儿？"

那团黑烟从一个灯罩跳到另一个灯罩上，灯里的火苗随即一个接一个地变得微弱然后熄灭。壁炉里还生着火，但空气已经再次变得冰冷。

"停！"十二月恳求道，"你吓到我了。"

"吹尘器。"那团黑烟重复道。黑烟靠得离她更近了一些，随即抖动了一下，身形慢慢抻长，开始越来越快地绕着十二月转，旋风扬起地上的灰烬，拉扯着她的头发和裙子，抓挠她的胳膊和腿。

"停，求求你！"十二月尖叫道。她的喉咙深处充塞着炉灰的味道，这令她无法呼吸。

此时，那股旋风开始裂开、上升，然后像核桃壳一样把她包裹起来。

"在箱子里，衣柜里！"她边喊边用手拨开灰雾，流着泪冲出房间，然后跑下楼梯，一口气跑出了大门。

傍晚的新鲜空气也无法让她平静下来——她的身体在瑟瑟发抖，心脏在胸膛里怦怦乱跳。

"晚上好，十二月小姐，"她身后有个声音大声说，"您这么快就要走了吗？"

03

烟斗里

穆恩罗先生坐在门廊中央的一张木头长凳上——他修长的身材与爬满房子外墙的藤蔓植物融为一体。干枯的树叶布满墙壁，遮住了玻璃窗——尽管每年这个时候，风早就该把树枝剥光，将树叶变成一地枯黄了。

"哦，穆恩罗先生，您吓到我了！"

"奇怪。这并非我的本意。"

烟斗是熄灭的，穆恩罗先生叼着烟杆，注视着太阳落在地平线上。锻铁大门外的冷杉树被暮光包裹着，像熊熊燃烧的火炬。

十二月不寒而栗，她回想起壁炉里的火，从科尔文的裤筒里冒出来的烟，以及在他的头顶上伸展的鬈发。

"您的儿子不见了。"她的心狂跳不止。

穆恩罗先生用平静的眼神盯着她："我相信他就在家里，如果您好好找找的话。您在烧水壶里找过吗？"

"烧水壶？"

"是的，或者炖锅。他对炖兔肉很着迷。"

十二月不想开玩笑。她仍能闻到刺鼻的烟味，仍能听到蜡烛熄灭的嘶嘶声，以及在灯罩里回荡的科尔文刺耳的声音。

"他不见了。"她又说，"他熔化了，蒸发了，变成烟雾，从壁炉里出去了。"

穆恩罗先生把烟斗从嘴里拿出来，吐出一个小小的烟圈。就在刚才，十二月还确定那个烟斗是熄灭的。

"我明白了，谢谢您告诉我。现在您可以回楼上去了。"

"可……可是……"

"您可以回去拿您的箱子。您被解雇了，十二月小姐。"

解雇？又被解雇了？

"我不明白。"十二月扶住斑驳的旧扶手，一片片油漆如灰烬般碎裂。

"您让我的儿子离开了您的视线。您把他一个人留在壁炉里。'永远不要让孩子离开你的视线'，这是做保姆的第一准则。"

穆恩罗从上衣里掏出一块怀表。他掀开怀表盖，用一根手指在圆形的表盘上敲了敲。"这一条会跃居您的简历顶端。三十七分钟，妖怪之子的保姆。"

十二月一动不动，至少她试图保持不动。脚下的门廊开始像木筏一般，在她站立不稳的双腿下摇晃。"您说什么？"

穆恩罗先生拿开烟斗，又吐出一个烟圈——十二月没看见烟锅上面有不断闪烁的朱红色的火光，她确信，烟斗是熄灭的。

"《特雷莫尔日报》的广告里写得清清楚楚，一点儿都不晦涩。"穆恩罗爽朗地放声大笑。

十二月笑不出来。她上下摸索着裙子，到处翻找那张剪报。"这不可能。"她自言自语着，把剪报从一个口袋里掏出来。不可能，她这样想着，小心翼翼地展开那张剪报。

……之子诚聘保姆。

一句话少了一半，像一个被截断的钩子，钩在一行墨水和一块泥巴上。

几天前，她发现这张皱巴巴的剪报粘在顾客的鞋跟上，那时，她还在福斯科街和博拉大道的拐角处给人擦鞋。博拉大道其实是一条画在墙上的街，就在发现剪报的同一天，她失去了擦鞋的工作。她原本认为剪报给她带来了好运，此刻，当她用那个缺失的词语补全整条广告后，她就不那么确定这是否是"好运"了：

妖怪之子诚聘保姆。

而妖怪本人——穆恩罗先生，正在藤蔓间的角落里好奇地盯着她。

十二月不敢动，她一只鞋的鞋跟伸向栅栏门，另一只鞋的鞋尖则插在了门廊的木板缝里。

接着，那个男人挥动一只手，他原本的手指逐渐消失，幻化的烟雾蜿蜒着伸过木栏杆，伸到廊柱的镶嵌物之间，最终抓住被十二月的指甲扯碎的剪报纸片。

"啊啊啊！"十二月吓得直往后退。她退到了最末一层的台阶上，被脚、裙摆和松开的鞋带绊倒，向后倒了下去。她并没有站起来，而是惊慌失措地继续在松软的泥土中侧身爬行，爬过茂密的草丛。她拖着脚，咬着牙，被一种前所未有的恐惧笼罩着。

她从未受过如此惊吓，除了刚才面对科尔文模糊的身影——他曾变化出一股扬起黑尘的飓风，将她裹挟其中，还叽里呱啦地威胁她。

"好了，十二月小姐。"穆恩罗先生越过阳台，飞过草地，优雅地落在她面前，"别怕，我现在不当班。"

"妖……妖怪。"她结结巴巴地说，抱着头在草丛里缩成一团。

"我向你保证，小姐，我不是坏人。我觉得我做的事，其实一点儿都不好玩儿。"

听到这句话，十二月把脸露出来了一点儿。"那您干吗还要做？"她小声地问。

"因为这是我的工作，"穆恩罗先生叹了口气，"我不会干别的。"

他伸出一只手，想把她拉起来。十二月仔细看了看那只手——那是一只结实的手，因为上了年纪而变得坚硬，又因为在指关节上攀爬的灰白的汗毛而变得柔软；那只手是热的，但并不烫。十二月抓住那只手，重新站了起来。

"误会终于澄清了。"穆恩罗先生一边说，一边把揉得皱皱巴巴的《特雷莫尔日报》的剪报还给十二月。

他们坐在门廊中间的长凳上。十二月坐在凳子的另一头。她目光低垂，双臂僵硬，拳头紧握，放在膝盖上。

"我希望您至少尝到了妮蒂亚，我是说，马尔霍尼小姐做的果酱曲奇。很好吃。"穆恩罗先生揉搓着胡子说。

不，十二月叹了口气，她连一小口都没尝到。能安然无恙地离开穆恩罗的别墅，她本该松口气的，但她忍不住又想：眼下正值隆冬时节，她没有工作，也没有别的地方可去。她好想睡在那张柔软的床上，哪怕只是睡一晚。

"我的工作和许多其他的工作一样。"穆恩罗先生突如其来的不算小声的话语，分散了她的注意力。穆恩罗先生没有看十二月，而是继续盯着地平线上、夕阳之下的那些树。"这是一份我们家族世代传承的工作。'永远要有一种巨大的恐惧，一种使其他一切恐惧都显得微不足道的恐惧。'我父亲曾这样对我说。从前，他父亲也是这样对他说的。"

他稍稍停顿了一下，叼起烟斗，吐出几个烟圈，接着，他又开口了。

"我的工作虽然是制造恐惧，但我不会伤害任何一个人。就像在马戏团一样——您能理解我吧，我只是奉上一些表演，比如让门砰砰作响，让墙上出现影子，等等。只是我做的表演，孩子们不会为此鼓掌，只会为此尖叫——他们藏在被窝里，躲在父母和哥哥、姐姐的床上。有人会点燃蜡烛，有人则唱歌驱散恐惧，还有人喃喃自语，说着'这一切只是一场梦''很快就会结束'，或是我最喜欢的那句话——'根本没有什么妖怪'。"

他停顿了一下，又喷出一个烟圈。

"关键是他们会做出反应。他们独自战胜恐惧，或是依靠一点儿帮助。如果他们在小时候战胜了对妖怪的恐惧，那么长大后，他们就能够战胜其他一切恐惧。好了，现在您知道了真相，您还认为我是怪物吗？"

十二月茫然地摇了摇头。在其他情况下，她不会相信穆恩罗先生的话。她知道妖怪的故事，但那只是——故事。然而，她无法否认她的所见所感：灰烬搞得她无法呼吸，还有那种在浑浊的湖水中快要溺死的感觉。她习惯了把戏和稀奇古怪的东西，但科尔文的变身不一样。

"很……很抱歉我有那样的反应。"

"不必担心。这种情况时有发生，"穆恩罗让她放心，"职业介绍所派来的保姆知道她们将面对什么，但是当科尔文变身时，她们依然会尖叫着逃走，一去不回，甚至连她们的行李都不要了。"

怪不得房间里到处都是女人的衣服、帽子和化妆品，十二月心想。不过，为什么装壁炉工具的箱子上刻着自己的名字？十二月壮着胆子问道："我……我的名字怎么会在箱子上？"

穆恩罗先生挑起眉毛："哦，您是唯一回应了那则招聘广告的人。我想，其他人一定认为这是个玩笑。"

十二月有点儿失望："我明白了。这就是您雇用我的原因。"

"不完全是。"穆恩罗先生交叉十指，扣在一个膝头，他将头歪向一边，微笑着说，"我雇用您是因为，您令我吃惊。"这时，他的微笑变成了大笑，笑声带来瓮声瓮气的深沉的回声。"您看，十二月小姐，我儿子是个很特别的孩子，他需要特别的照顾。时间过得真快，仿佛昨天我还会把他放在这个烟斗里，摇着他入睡……"

十二月非但没有被感动，反而觉得不寒而栗。她想象着一个小小的科尔文：一双小小的红眼睛，烟灰落在他苍白的小脸上，像奶酪上的胡椒粒。

"科尔文是个早熟的孩子。我在他这个年纪的时候，充其量只能用法术让一只手消散，让发梢冒烟。"穆恩罗先生把手指插进已经斑白的头发里，"虽然他现在能完全变成烟，但还不能驾轻就熟地控制自身的魔法。如果他在炉子里，或者生火的壁炉里长期保持那种形态，我担心他会再也无法恢复正常。"

十二月点了点头，但她意识到，她并没有完全听懂这句话的意思。

"我从全国各地聘请过保姆，都是能干的、业务能力合格的女子，可她们都看不住他。所以，我才在报纸上登广告：找一个与众不同的人，像我的科尔文一样与众不同。刚才，当我见到您时，我以为……"

十二月眨了眨眼睛。也许她将听到赞美的话？

"……我以为……"

她屏住了呼吸。

"……我以为您是个笨蛋。"

十二月差点儿从长凳上掉下去。

"后来，您跳了起来，跳到一把椅子上，跳到一张扶手椅上，甚至跳到地球仪上。当时，我想的是：这是一个会表演杂技的笨蛋。"

这和她期望的不太一样，但一丝暖意使她心潮澎湃，容光焕发。

"只可惜……"

"我想再试试。"

"什么？"

十二月跳了起来，身后的藤蔓也跟着抖动了一下："这份工作，我想再试试，穆恩罗先生，我相信我能做得更好。"

"嗯……"男人捋着下巴上的一撮灰白的胡子——几分钟前，他的胡子看起来要浓密得多，"确切地说，您在哪方面会做得更好？"

"我一秒钟都不会让科尔文离开我的视线。"

"还有什么？"

"为了抓住他，有必要的话，我会跳到天花板上。"

"哦，是吗？"

"是的，我会擦掉他脸上的烟灰。还有那丝得意的笑，如果我能做到的话。"

穆恩罗先生伸了伸他超长的"蜘蛛"腿，又看了一眼怀表。

"好的，那么，"说着，他伸出胳膊，护送她到门口，"如果您想做这些尝试的话，壁炉工具派得上用场。"

"您这话是什么意思？"

"科尔文肯定趁您不在的时候去偷它们了。我儿子，怎么说呢，是个脾气有点儿急躁的小家伙。"

"是啊，可是，它们到底有什么用……穆恩罗先生？"

十二月转过身，然而穆恩罗先生已经不见了。她只看见一缕烟，歪歪扭扭的，穿过锋利的树影，袅袅地飞过尖尖的栅栏门。

04

茶壶里

十二月急匆匆地赶回她的房间。一团团灰烬像雪花似的从天花板上飘落到撕开的书页和烧焦的袜子上。装壁炉工具的箱子已被扫荡一空，被丢弃在窗户下面。瘦小的指印随处可见，家具上、窗帘上和墙上都印上了小手的形状。

十二月带着满腔怒火，开始四处寻找科尔文。她仔细搜查了二楼和三楼，绕过长廊，深入迷宫般的内部走廊。她将床底、地毯下面、衣柜和碗橱内部，甚至是箱子和椅式箱里都找遍了。后来，她想起穆恩罗先生跟她说过，科尔文喜欢在炖菜锅里玩。于是，她又在烛台间、烟囱里和油灯里开始新一轮的搜索。

始终没找到科尔文，十二月沮丧地朝一楼走去，有那么一瞬间，她以为在沙发和餐厅的桌子之间发现了科尔文，结果，那只是一个旧衣帽架投在对面墙上的影子。最后，她准备躲进厨房，在温暖的壁炉和马尔霍尼小姐的陪伴下寻求安慰。

那扇漆成红色的门开在楼梯下面，再往下走五个台阶就能进入那个宽敞的房间，房间里挂满了长勺、大叉子、炖锅和平底锅。房梁上挂着一束束干花和芳香的药草，地上铺着彩色的瓷砖，像一条古怪的拼布床罩。

马尔霍尼小姐正在火炉旁的一把椅子上绣花。她的脚边放着一个篮子，里面装满布头、线轴和绣花绷子。

"我找了他一个晚上，"十二月说着，在女管家身旁坐下，"我放弃了，哪儿都找不到科尔文！"

十二月耸了耸肩，她觉得壁炉里的火苗也做了同样的动作。火苗渐渐消沉，沉入余烬中，发出越来越微弱的光。看起来，火很快就要熄灭了。十二月环顾四周，寻找挂壁炉工具的架子。

"马尔霍尼小姐，拨火棍在哪儿？我想让火重新烧起来。"

马尔霍尼小姐摇了摇头："这个家里没有拨火棍。穆恩罗先生不喜欢。"

"那你们怎么拨柴火？"

"主人会处理，他可以直接用手，要么就是科尔文少爷来弄。"

十二月咽了口唾沫。接受新雇主和他的儿子能变成烟是一回事，接受他们可以不用铁制工具，直接用手抓燃烧的木头则是另外一回事。

她叹了口气，沿着椅子滑了下去。她希望看到科尔文的脚在即将熄灭的火焰中踢壁炉篦子——并没有。她失望地向后倒，将上身贴在椅背上。也许该放弃了，她应该停止寻找他……

突然，烧水壶的哨声在房间里回荡。

十二月一跃而起，瞬间来到炉子旁边，扑向铜壶嘴里喷出的蒸汽。

"我抓到你了，小家伙……别想跑！"她大声喊着，试图用手抓住热气。

"您在干什么？"

马尔霍尼小姐出现在她身后，挥舞着刚绣完的锅垫。

"我还以为……"十二月注视着蒸汽消失在挂在墙上的嫩枝和干花中间。"哦，算了。"她喃喃自语着，重又回来坐下。马尔霍尼小姐关了火，她一脸高深莫测的表情，用单调的声音说：

"我给您泡杯茶。"

茶水从茶壶嘴里汩汩流出，斟满一个带花边的瓷杯。

"那么，晚安。"马尔霍尼小姐说完就走了。

只剩下十二月一个人了。她看着那片沉入红茶中的橙子，端起热气腾腾的杯子送到唇边。她品尝着肉桂的香味，辛辣的蒸汽拂过她的脸颊，仿佛捏住了她的鼻子——不过，它好像捏得有点儿太用力了。

"啊哟！"她大叫一声，垂眼看着眼底的杯子：一股乳白色的浓烟从荡起涟漪的茶水表面升起，仿佛有一个孩子的胳膊伸出来，捏住了她的鼻子。那确实是一个孩子冒烟的胳膊，十二月越是试图往后挣脱，那只手就捏得越用力。

十二月整个人摇摇晃晃，身子歪歪扭扭，直到滚烫的液体洒在她身上，杯子"砰"的一声掉在地上。

蒸汽从杯子中溜了出来，飞到桌子后面，慢慢变得厚重，变回一个孩子的模样——袅袅蒸汽变成乌黑的鬓发，缕缕气息变成骨瘦如柴、棱角分明的两条腿。

科尔文在十二月对面的椅子上坐下来，抖掉身上的最后一缕蒸汽，像乌鸦抖搂凌乱的羽毛。他的衣领边缘发黑，两颊沾满烟灰——就像她初次见到他时那样。几绺湿漉漉的头发顺着他的额头向下滴水，许是他刚才藏在茶水的蒸汽里的缘故。

"你还在这儿？"他舒舒服服地坐着，幸灾乐祸地看着保姆又是咳嗽，又是吐唾沫——只为了能喘口气。

"我听见我父亲跟你说的话了。"

十二月挺直肩膀，清了清嗓子，用嘶哑而又痛苦的声音说："他相信我。"

"他说你是个笨蛋。"

十二月咳嗽得更厉害了。

"我也听见你跟他说的话了。"

"我会尽力而为。"

"你告诉他我在壁炉里。"科尔文说着，张大嘴巴，露出那根炽热发红的舌头，"他会因此生我的气，而我会生你的气。"

他的脸上露出可怕的冷笑。十二月感觉不寒而栗。

"你是怎么进到杯子里去的？我没听到任何动静。"她说道，试图让自己镇定下来。

"隐蔽而又无声，这是妖怪最重要的品质。"他挺起胸脯，回答道。

"我们的关系从一开始就搞砸了，为什么我们不能重新开始？"

十二月在衣服上擦了几下手，然后向科尔文伸出手。他对她苦笑了一下，绕过桌子，走到她的前面。他在壁炉跟前蹲下，卷起袖子，把一只胳膊伸向燃烧的木头。

十二月没有放弃："我到处找你。你必须把吹尘器还给我，就是我房间箱子里的那个，还有其他壁炉工具。"

"哦，是的，你要它们有什么用？"

"我不确定，"她承认道，"我想，那些工具可以用来照顾你。"

科尔文转过身，重新站了起来，他的耳朵在黑色的鬈发间颤动。

"这么说，你觉得你跟得上我？"科尔文迈开大步，在房间里踱来踱去，背着的两只手一只比一只红。

"我觉得我行，不，我肯定行。"十二月说。

科尔文不再踱步了，他停下来，晃动着双腿，双手抓着背带，像抓着秋千的绳子那样。然后，他弯起一只胳膊，从背后掏出一样东西——那个中间被挖空、手柄被熏黑了的木制吹尘器。

"那就试试看吧。"他向她发起挑战，然后绕着厨房的桌子东拐西拐地跑了起来。

"还给我！"十二月喊道，步伐飞快地跟在他身后。

科尔文蜿蜒前行。"你想要这个？"他从墙上抓起一个长柄勺，朝她扔去。十二月闪开了，长柄勺在空中翻了个跟头，落在马尔霍尼小姐的绣花篮里。

"你必须把它还给我！"十二月继续说。她从一边蹿到另一边，绕过桌子，跨过翻倒在地的椅子和凳子，伸出双臂想要抓住他。

"你的意思是想要这个？"科尔文把一只小铜锅从钩子上拽下来。那只锅在地上弹了几下，滚到了一边。

十二月放慢了脚步，她得歇口气，与此同时，她迅速环顾了一眼四周。她看见科尔文开始变身成烟，只见他的双臂像猫头鹰展开的灰色翅膀那样，将肩膀裹起；鼻子开始前伸，伸进绣花篮中，待他再抬头时，头发上已缠着一束丝线，丝线的另一头还连着一个木头的绣花绷子。她想起马戏团的大帐篷周围稀稀落落的游戏摊位，它们会随着季节变换玩法。秋天，商贩们会把奖品和很多小包裹一起挂在一棵光秃秃的树上，只有用木环套中树枝，才能赢得奖品。

圆形的绣花绷子和她在游戏中使用的木环没有多大区别，科尔文细瘦的双腿则很像小树枝。于是，她把绷子举到鼻子的高度，锁定目标，瞄准"树枝"，然后投掷出去。

绣花绷子向前飞了出去，沿着铺在地板上的长地毯滑翔，在科尔文正要起飞时钩住了他的脚踝。男孩向前摔倒，摔丢了一只鞋，吹尘器也从他的手上滑脱。

"太棒了！"十二月欢欣鼓舞地跑去取回她的奖品——穆恩罗先生托付给她的那个珍贵的东西。

科尔文的速度更快。他举起刚刚伸进壁炉里的手，气呼呼地按在地毯上。地毯在他滚烫的手指周围嘶嘶作响，灼烧，起皱。十二月的一只脚刚踏上去，地毯便随即裂开，她被碎裂起褶皱的地毯绊倒，结结实实地摔了个大马趴。

科尔文再次占了上风。他重新站起来，揉了揉脚踝，然后化成一团烟，朝着吹尘器的方向飘去。这团烟并没有急速向前，而是在上下摇晃，仿佛是在挣扎着逃走，看起来一瘸一拐的——如果这个词能用来形容一团烟的话。

她的机会来了。十二月助跑了几步，猛地跳上凳子，又跳到枝形吊灯上。她紧紧抓住打了蜡的金属灯臂，来回摇晃着。然后，她曲臂，弓背，让身体倒向另一边。下一秒，她正好落到了吹尘器的旁边，而科尔文——一团旋转的黑色的烟斑，则落到了她的身上。

"不！"十二月喊道，她紧闭着双眼，把吹尘器紧紧按在胸口上。突然，侧边布料折叠，接着木板被弹起——吹尘器被挤压了一下，一小股冷气从鸟嘴形的喷口喷出。

十二月再次睁开眼时，科尔文身体周围的烟雾消散了，他的头发不再飘动——他又变回了一个有血有肉的孩子。

十二月揉了揉眼睛，紧握着吹尘器的手柄，得意地笑道："看来是干这个用的。"

十二月在马尔霍尼小姐的篮子里发现了一块细如纱布的棉布，正好适合用来包扎科尔文的脚踝。然而当她靠近小男孩时，却被他一把推开。

"对不起，我不是故意要弄伤你的脚踝的。"

"你这算什么保姆？"他抱怨道。

"新手保姆。"十二月老实说道。

"有个事我搞不懂，"她继续说，"你变身后，为什么不能飞得更高，或者更快呢？"

"因为我脚疼。"

十二月一脸疑惑地看着他，科尔文叹了口气。

"即使变成一团烟，也不意味着我感觉不到疼痛。如果我不能走路，自然也就不能飞。"

"嗯……"十二月陷入了沉思。她并不了解穆恩罗先生和他的家人的魔法，但她见识了科尔文吸收壁炉的火焰热能于手中，再把手按到地毯上，将地毯烧成灰——一如对待她房间里的物品那样。她还眼看着科尔文变成了烟，但随着吹尘器咔嗒一声响，又能让烟雾状态的科尔文变回他本人。还有很多事是她不知道的，但她觉得自己已经迈出了第一步。

05

烤箱里

科尔文不在父亲的书房上课时，就会在房子里四处游荡。他喜欢躺在燃木烤箱里软乎乎的黑麦葡萄干面包上，或者蹲在壁炉里正被烘烤的劈柴中间，跟烤榛子一起玩弹子球。他不时从烟囱口探出头，就像在窗台上那样，盯着房子周围绵延数公里的冷杉林。

爬到烟囱上面对科尔文来说并不危险，但十二月担心他会因以烟的形式存在太久，导致变不回来。所以，当看到他在壁炉的篦子外面逐渐消失时，她就会从围裙的口袋里抓一把白灰扔到火上，然后，借助壁炉工具抓住他。

首先，她会把火钳沿着烟道伸过去，钳住科尔文的一只脚。科尔文会拼命挣扎，脖颈后面的烟爹竖起来像生气时爹毛的猫。这时，十二月就会亮出其他工具：用小铲子把科尔文还没进入烟道、尚在壁炉膛中的部分，也就是一个抖动的斑点拾起来；接着，她用吹尘器朝他身上喷射冷空气，让他变回原形。那样，科尔文就会倒下来，在熄灭的余烬上打滚儿——他会变成一个人，一个有血有肉的孩子，脸和衣服上沾满烟灰。

十二月讨厌用扫帚给科尔文清扫脸上和身上的烟灰，扫帚上多刺的鬃毛像打肥皂一样在科尔文的脸上滑动——他的皮肤比她认识的任何人的都要耐磨。不过，在为科尔文刷洗烟灰之前，她要先用一块用凉水浸透的抹布给他擦拭一下。因为科尔文会释放热量，甚至在几分钟之内能将他碰到的所有东西都烧成灰。这一点，在他们第一次见面时她就见识到了——他把她房间里的书和袜子都烧成了灰。每次科尔文想搞恶作剧时，他都会这么做。

没过几天，十二月的衣服上就补丁摞补丁了。那些衣服已经翻改过好几次了，她试图用之前的保姆留下的围裙和披肩遮盖撕开的口子或是烧出来的洞。当然，被烧焦的裙摆是藏不住的，因为她不能把裙子改短，那样的话，被烧焦的靴子的边缘就会露出来。

十二月已经尽力跟科尔文和睦相处了，但他还是那么无礼，那么讨厌：他以一个孩子的形态示人的时候，总是在抱怨；他化作烟雾的时候，总是在沸腾。无论是哪个形态，他的脸上总会掠过一丝阴影。也许正因如此，十二月反而很快就习惯了他的"魔法"。

和穆恩罗先生待在一起时，情况则截然不同。穆恩罗先生是她见过的最像绅士的人。看见马尔霍尼小姐从市场回来，他会冲到门口，主动帮她提篮子——篮子很沉，装满了面粉和很多芝麻面包；他会把《特雷莫尔日报》的时尚版折起来，连同他从城里买来的一卷丝带或一把新纽扣一起从门缝塞进十二月的房间；当他在楼梯上与她擦肩而过时，穆恩罗先生会对她露出灿烂和蔼的笑容。十二月则会冲他点点头，尴尬地淡淡一笑，随后又会想起眼前这个人是个妖怪，便立刻低头快步跑下楼梯，去找科尔文。

当然，她感谢穆恩罗先生所给予的信任，也明白有必要尊重他们家族世代传承的工作，但穆恩罗先生毕竟是她小时候听到的故事中的妖怪——她绝不能放松警惕。

幸好，躲开他并非不可能完成的任务。

他总是待在书房或是书房的小客厅里。他每天早早就会吃晚饭，因为他根本不吃午饭。闲暇时，他会坐在门廊上，两条无比修长的腿交叉在一起，两撇小胡子之间，烟斗隐约可见。

当然，穆恩罗别墅里还有一个人——

马尔霍尼小姐。她虽然话不多，却是一个很好的同伴。她几乎什么都会做，十二月喜欢帮她做家务。女管家有时也会向她求助，特别是需要给房子最高的角落除尘的时候——因为十二月一跳就能够着，根本用不着梯子。

不知道为什么，厨房里总是摆满鲜花，马尔霍尼小姐为了处理这些鲜花可谓是想尽了各种办法。通常，她将一束束鲜花挂在天花板的横梁下，等它们变成干花后，再将它们弄碎，混合在茶叶、盐和浴油里。

"为什么这儿总有这么多花？"一天，十二月走进厨房时问道。马尔霍尼小姐正忙着缝制装满树叶和橙花花蕾的小袋子。

"你怎么不去问房子的主人？"

十二月放弃追问这个问题，她想换个话题："我觉得今天会下雪。"那天早上，她好像看到卷曲的树叶镶了一层松软的雪花边儿。十二月很喜欢雪，希望林荫大道尽头的那片灰云快点儿越过大门。

"我对此表示怀疑。"马尔霍尼小姐冷淡的语气，浇灭了她所有的热情。

十二月一屁股坐在炉火旁的一把椅子上，开始绣香囊。她绣得疙疙瘩瘩的——很难看。马尔霍尼小姐把那些香囊藏进装干净床单的篮子里，然后让十二月把篮子送到楼上去。

十二月丝毫没有被指使的感觉，她欣然接受马尔霍尼小姐的吩咐，心里很高兴有机会能探索一下这座房子。

她抱着这个巨大的篮子沿着走廊慢悠悠地走。经过穆恩罗先生的书房时，她注意到门是虚掩着的。

"……没有人会看见我。"科尔文正在说话。十二月感觉他的语气里有恳求的意味。这不符合他的性格，于是，她走近了倾听。

穆恩罗先生的态度似乎很坚定。

"外面在下雪呢，你想让他们发现你吗？你必须专注于学业，否则，你永远成不了下一任妖怪。"

"你知道我根本不在乎。我甚至连第一人选都不是。"

"够了，科尔文，家族还指望你呢。你读完书，就去练小提琴吧。"

趁穆恩罗先生还没走出房间发现她在偷听，十二月急忙赶往存放床上用品的储藏室。

整理好床单后，她看了一会儿窗外。天上明明在下雪，但真奇怪……一片雪花都没落在这个花园里。仿佛这个家被一个巨大的玻璃球笼罩，雪只能落到大门外，无法在院子里的草地上聚集。十二月看见那条铺满落叶的小路从白色的毯子上蜿蜒而过。

她回到厨房时，马尔霍尼小姐已经给香囊打完结了。现在她正在用一把玫瑰花苞装饰一块夹心蛋糕。

"下雪了，"她若有所思地说，"可是，竟然连一片雪花都没有落在小路上。"

"年年如此。"马尔霍尼小姐含糊地说。

十二月走向桌子，从碗里拿出几朵小花，心不在焉地把它们插进黄油里。

她又想起爬满别墅外墙的干枯的藤蔓植物，想起大道两旁黄色的树——她刚来的时候，便发现花园里仍有秋天的迹象。那会儿她就觉得很奇怪，不过和科尔文的变身相比，也就不算什么了，所以并没有细想。

"马尔霍尼小姐，您能不能跟我解释一下笼罩着这座房子的魔法？"

女人拍了拍围裙——这次是为了拍掉上面的面粉，而不是炉灰。

"不是笼罩这座房子，而是笼罩着住在这里的人。其实我也不知道该怎么解释，穆恩罗先生周围的热气似乎把冬天融化了。因此，雪不会落在花园里，叶子也不会落下，只是略微枯萎，等来年春天再重新变绿，树枝开满花蕾。春天会来，夏天也会来——这里比世界上的任何一个地方都要热，但冬天不会来，冬天永远不会来。事实上，这是十二月第一次进家门。"马尔霍尼小姐微微一笑，十二月觉得她对双关语的喜爱和穆恩罗先生差不多。

"这就是科尔文从来不出家门的原因？"

马尔霍尼小姐点点头："如果看到一个小男孩在雪地里弄出一摊摊冒着热气的水，别人会怎么想呢？"

十二月想到特雷莫尔银装素裹的小巷，想到挂在商店招牌上的冰柱。在冬天，整座城市都会被染白，人们不可能注意不到科尔文的异常。

冬天的这几个月，科尔文要被关在家里，肯定十分无聊。所以，他会偷偷溜进炉子、点燃的壁炉，或者在燃木烤箱里猫上几个小时。也许她可以做点儿什么，缓解科尔文在漫长冬日里的无聊。也许，除了盯着他，她还可以陪伴他。

06

童话里

游戏室是十二月最喜欢的房间。这个房间有红色的护墙板、白色的壁炉和装饰华丽的壁炉篦子，上面装饰着蜜蜂、瓢虫、雏菊和虞美人，还镶嵌着闪闪发光的彩色石头。天花板上挂着纸风筝，一块很大的圆形地毯周围摆放着大筐子、橱柜和装满各种玩具的箱子。

她尤其喜欢塔楼的窗户——金色的窗框，菱形的窗格，像马戏团的基座；还有一扇玻璃弦月窗，染上阳光的黄色和橙色。一天中的任何时候，那个房间里都有霞光。

十二月进门时，科尔文刚好也在，他蜷缩在摆着靠枕的窗洞里，脸上有一个光点，膝上摊开着一本书。

"你想干什么？"他说着，微微转过头，斜着眼睛看她。

十二月打了个激灵，她已经后悔来这儿了。"我想跟你待一会儿。"

科尔文做了个鬼脸，翻了一页书："你不用看着我，我没做什么危险的事。"

显然，他想摆脱她。十二月急忙在房间里寻找有趣的消遣。她注意到天花板上挂着一只黑色的大风筝，形状像一只张开翅膀的乌鸦，尾巴上镶着一簇五颜六色的羽毛。"你想去花园里放这个风筝吗？"

"嗯……"科尔文哼哼唧唧的，专注地看膝上摊着的那本书。他厌烦地瞟了一眼风筝："风会把它刮到大门外去，会被雪浸湿的。"

十二月知道他说的是对的。有时候，她也会忘了外面有多冷。一阵狂风可能会把纸撕破，或者将风筝囚禁在冰冷的冷杉枝头。就连房间里的毛绒玩具都将御寒措施做得很好：它们戴着围巾和连指手套，穿着羊毛斗篷和皮毛靴子，把自己捂得很严实。

她放弃了放风筝的想法，开始在装满槌球棒和羽毛球拍的篮子里翻找，里面还有几个彩色的小球和一个黑色羽毛的羽毛球。

"我们来玩个游戏吧？"她提议道，同时用三只小球稍微展示了一番她的杂耍技巧。

"唉。"科尔文叹了口气，丝毫不为所动，"你会把球扔到大门外，球会消失在雪地里。"

十二月把球扔回篮子里："那我们就待在家里吧。"

她发现了一个小匣子，里面有拼图玩具、骰子和一副用细绳系着的纸牌。但科尔文看书看得越来越入迷，他不停地翻动书页，完全不理会十二月的每一次尝试邀请。

"我们玩拼图吧。"

"缺一张。"

"我们打牌吧。"

"我不懂规则。"

"你喜欢小火车吗？"她绝望地问道，她注意到角落里有一列黄铜车厢的小火车正闪闪发光。

科尔文啪的一声合上书："你真的不打算放弃吗？"

十二月犹豫了。如果科尔文就是想读一下午的书，她总不能拦着他。毕竟，他说得对：他没干什么坏事。"我只是觉得，我们应该对彼此多一些了解。"最后，她说道。

小男孩走过来。他身上有一股木头和鼠尾草烤栗子的香味，皮肤上闪着热热的光。他拨开额头的一缕鬈发，目光似乎变得柔和了许多："我也是这么想的。"

一股喜悦和宽慰的情绪涌上十二月的心头。"真的吗？"她简直不敢相信。

科尔文点了点头。直到这时，他才向她展示手中一直在看的那本书。

"所以，我在读你的日记。"他说道，脸上露出一丝冷笑，锋利得像一把剪刀，剪碎了十二月心中所有的希望。真蠢，她怎么连自己的日记本都没认出来！

她在散落在地毯上的拼图和骰子间跌跌撞撞地跑，来不及掏出吹尘器，科尔文便用腋窝夹着那本日记，跳进壁炉里熊熊燃烧的火焰之中。

她根本无法跟着他走进狭窄的烟道。

她飞奔下楼，冲进花园，沿着车道奔跑。科尔文的小脑袋瓜从烟囱口伸出来，就像她刚来的那天那样。地平线上，太阳已经落山，很快，穆恩罗先生就要出门工作了。她必须想办法爬上屋顶，以免他发现自己又找不到他儿子了。

房子后面有一棵大树，树冠耸立在屋顶上，黄得像黄油和马尔霍尼小姐做曲奇用的面团。树枝在屋檐上微微弯曲，分叉的地方有类似台阶的木节和凸起物，但树干太滑了，树皮也太嫩，十二月爬不上去。

突然，她好像看见有个人挥着胳膊冲她说："这边走。"她转过头，发现是一件衬衫的袖子在晾衣绳上晃动。

晾衣绳！

那根晾衣绳离地约有一两米，离那棵树不太远。从那里，十二月可以很轻松地够到树枝，并跳上像螺旋楼梯一样盘绕的树干。她只需要在一根细绳上行走……

科尔文身上可能汇集了厉害的魔法和恶作剧，但十二月体态轻盈，她毕竟是一名杂技演员。

她确保杆子牢牢地固定在地上，绳子也打了结实的结。她脱下靴子，把它们扔到树根之间，背部一用力，便跳到了晾衣绳上。

手里没有平衡杆，她只能张开双臂，挺直后背，绷紧小腿，将趾尖向前伸。

她试着迈了一步——绳子经得住她的体重，于是，她开始越走越快。她身下晾衣服的夹子像蟋蟀一样弹跳起来，衬衫和围裙一件接一件地掉在草地上，像一片片这个院内永远不可能出现的积雪。马尔霍尼小姐看到了一定会斥责她，但如果是为了工作，马尔霍尼小姐和穆恩罗先生应该会原谅她的。

她又走了几步，然后跳到树上，再顺着树杈往上爬，不一会儿就爬到了屋顶上。

科尔文正静静地坐在烟囱边上，两条腿晃荡着，裤子已经被烫破了。

这还是十二月头一次如此近距离地注视他，他的面貌并没有因为被那层无法触摸的烟雾笼罩而变得模糊不清。他的目光在树林里游移，在积雪的冷杉枝头搜寻，仿佛期待看到有人来似的。他看起来很孤独。

这时，他掏出那个日记本，十二月对他刚产生的同情瞬间消失。她正要扑过去，把属于她的东西夺回来，就在这时，穆恩罗先生的声音在某处响了起来。

"您可来了。我正到处找您呢！"

幸好，那个男人不是在对她说话。十二月溜到科尔文身边，趴在门廊的顶棚上朝下面偷看。马尔霍尼小姐正快步走回家，她刚从市场回来，篮子里装满圆面包和用香草包裹着的奶酪。

"妮蒂亚小姐，您有空吗？"穆恩罗先生问道。他似乎很激动。

"我现在很忙。"

"我想举办一场晚宴，在周五晚上。我告诉您是因为……"

"因为我是厨娘。"

"不是……"

"不是？"

"我的意思是，您不只是厨娘……"

那个男人深吸了一口气。十二月注意到他连胡子尖都在尴尬地颤动。

"确实，您有很多职责：洗衣服，收拾房子，去市场……"

马尔霍尼小姐朝门槛那边走了几步："所以，您最好还是赶紧进来吧。"

"也许您想休息一下……"

"您想解雇我吗，穆恩罗先生？"

"解……什么？没有您，我……这个家可怎么办？"可怜的穆恩罗先生开始冒汗，脸色发紫，他继续紧张地拉扯着上衣的袖口，摩挲着下巴，胡子间飞出的烟灰球有些甚至飞到烟囱上去了。

他这副样子令人困惑不解。

"他正试图邀请她共进晚餐，"科尔文对十二月解释道，"但每次他尝试这么做的时候，结局都是一样的。"

"我明白了，穆恩罗先生。这是我的荣幸。"马尔霍尼小姐说。

"她接受邀请了。"十二月低声说。

科尔文摆了摆手："再等等。"

"真……真的吗？"穆恩罗先生喃喃道。

"当然。我一定会赶在周五前把您的袖口补好，您不用担心。"

马尔霍尼小姐可能不知道她的雇主之所以摆弄袖子是因为她搞得他很紧张。更确切地说，她没明白他的意思。

"我……谢谢，非常感谢您，马尔霍尼小姐。您的思维总是如此敏捷。"

穆恩罗先生叹了口气，从女人手中接过篮子，陪她一起朝厨房门口走去。

"这么说，你父亲和马尔霍尼小姐……"他们进屋后，十二月追问道。

"他追求她很多年了。他对她一见钟情，她却丝毫没有察觉。"

怪不得厨房总被一束束鲜花淹没。

"我很好奇，马尔霍尼小姐怎么会来这儿工作？"

"当时，他约她出去，她却以为他要给她一份工作。"

说完这句话，他们俩大笑起来，十二月觉得他们可以休战了。

然而随即，科尔文又狡黠地朝她挤了一下眼睛："对了，大七是谁？"

休战结束。

十二月向前一跳。科尔文变成烟雾的碎片，如雨点般落在她身上，给她一种朝她身上吹了一千口气的感觉。"下次你再告诉我吧。"说完他就像猫头鹰似的，拍着翅膀飞走了，把十二月一个人留在屋顶上。

十二月朝那棵黄色的树跑去，可惜科尔文扯断了晾衣绳——从那么高的地方跳下去实在太危险了。

于是，她在屋瓦上躺下，双手抱腿等待有人能来救她。

太阳几乎完全落山了，星星出现在紫色的天幕上。

十二月瞥了一眼楼下，看了一眼满地黄叶的花园，又看了一眼白色的树林，再看了一眼房子周围蓊蓊郁郁的冷杉树。她忽然想到，科尔文从没在雪地里玩过，他没在结冰的湖面上玩过雪橇，也从没滑过冰，他也从没体验过抱着一袋热姜饼，捧着一杯热巧克力，在特雷莫尔灯火通明的街上漫步是什么感觉。还有多少东西是他没享受过的？不知科尔文是否问过自己同样的问题。

一架梯子搭在了房檐上，转移了她的注意力。十二月匆匆顺着梯子爬下了房顶。

"谢谢您，马尔霍尼小姐，我还以为我要在这儿过夜了呢……哦，穆恩罗先生！"

她以为自己躲开了妖怪，他却面带羊绒般柔软的笑容出现在她面前："我正要去上班，看到您在那上面。"

"哦，是这样……"

"我知道科尔文爱捉弄人……有的时候，但……不要放弃他。"他向她伸出胳膊，一直把她送到大门口。

"您也不要放弃妮蒂亚①小姐。"十二月咬着下唇说，"对不起，我知道这和我无关……"

"不，和您有关。"穆恩罗先生说着，用两根手指揉搓起冒烟的胡子，先把它弄乱，再捏成松鼠尾巴的形状，"您可以从我的错误中吸取教训——恐怕我的方式在跟人打交道时并不好用。当然，我本意不是为了吓唬他们。"

十二月咽了口唾沫，把长长的利爪从墙上挠出火星和墙皮的

————————
① 妮蒂亚是马尔霍尼小姐的名字，全名妮蒂亚·马尔霍尼。这里用妮蒂亚更显亲昵。

画面从脑子里赶走——不要再去想妖怪的爪子！"我和妮蒂亚在一起的时候，总会蹑手蹑脚地做一些小动作，可是她不明白我的意图。想要引人注意，也许需要沉重的脚步声——跺脚——十二月小姐，你需要跺脚，弄出声音，让科尔文知道你要去见他。"

穆恩罗先生微笑着跟她告别，然后消失在夜色中。十二月感觉脊背发凉，她自言自语道："也许刚刚那只是一阵凉风。"

那天夜里，十二月一直没合眼。她回想着穆恩罗先生的话，却搞不懂其中的含义。

她似乎跟科尔文讲得很清楚了。她告诉他，她想跟他待一会儿，可他拒绝了，他偷走了她的东西，还把她丢在屋顶上。十二月有睡前必须写一页日记的习惯，不然就睡不着。于是，睡不着的她干脆从床上爬起来，穿上睡袍，抓起一盏油灯，走出了房间。

她穿过昏暗的走廊，来到科尔文的房门前，刚抓住球形门把手，还没来得及转动，门下就飘出一团灰色的雾气。"你在干什么？连门都不敲吗？"科尔文站在她面前大声说。

十二月被吓了一跳。"我以为你睡着了。"她为自己辩解，"而且，你也未经允许就进了我的房间。我是来拿回我的日记的。"

科尔文打了个哈欠："你可以进来了。"

"真的吗？"

"真的，如果你敲门的话。"他冷笑了一下，化成烟钻进了锁眼里。十二月听到他在门那边窃笑，她准备好全部的耐心，深吸一口气，敲了两下门。

"谁呀？请进！"科尔文喊道。

十二月连"谢谢"都没说就进去了。

日记被放在床头柜上，她赶紧上前拿了回来。

"还有更好看的书，你知道吗？你想让我给你念个故事吗？"十二月提议道。也许这样，他就不会再溜进她的房间，窥视她的日记了。

科尔文翻了个白眼："你又来了。我已经长大了，不想听童话故事。"

"那就讲个恐怖故事吧。"十二月提议，话音刚落她就恨不得把"恐怖"两个字咽回去。她竟然问妖怪的儿子想不想听恐怖故事！她真的这么做了吗？这么做很无礼吧？

幸好，科尔文笑了："我知道的故事全都是恐怖故事。"

十二月耸了耸肩，抱着日记本，朝房门走去。走到门口，她犹豫了片刻。"要不，你给我讲个故事吧。"她对科尔文说。

"什么？"他吃惊地问，惊得额头上的几绺鬓发都跳了起来。

"你说你长大了，不想听童话故事，那你给我讲……一个恐怖故事吧。"

显然，他觉得这个想法很好玩儿，因为他抿了抿嘴，从一个抽屉里拿出一摞旧书。

十二月把灯放在床头柜上，明亮的灯光似热茶氤氲，涌上带插画的书脊。书脊上穿制服和西服背心、戴宽檐帽的动物的剪影闪着光：一只拉小提琴的狐狸、一只抽赤陶长烟斗的乌鸦、一只跳舞的野兔和一只打伞的青蛙。年深日久，书页已破旧泛黄，上面的字都已经看不清了。科尔文半闭着眼睛，背起了书里的故事。

"有一只野兔渴望跳舞。"

十二月搬了一把椅子，拖到床边。

"……可是，她的脚又大又粗，经常摔跤。对了，这让我想起了某个人。"

"继续。"

"没有人想和她一起跳舞。直到有一天，来了一只灰狼，他的毛很厚，一层层的呈波浪形交叠，看着像个烟囱帽；他的腿苍白纤细，像积雪的树枝。狼邀请野兔跳舞。起初，野兔吓坏了，但最后她还是同意了。他们跳了一整天，直到月亮升起来。这时，柔软的披风突然从狼身上滑落，旋即被风吹起，在他身后飘动，好像这件斗篷是由阴影织成的。野兔明白得太晚了，原来他的舞伴不是狼，而是一个——妖怪。"

十二月在椅子上坐立不安："故事的结局怎么样？"

"哦，结局是圆满的。"

"真的吗？"她大声说道，松了一口气。

"野兔实现了她的梦想。怪物把她囚禁在斗篷的阴影里，迫使她永远在风中跳舞。"

科尔文面带犀利的笑容，看起来像个狼人，他裹在毯子里，仿佛穿了一件深色的斗篷。

"好故事。"十二月口是心非地说，甚至没意识到她已经把睡袍的下摆揉皱了。

"那我再给你讲一个。有一只狐狸渴望成为森林里最棒的音乐家，她恳求一只乌鸦送给她一根羽毛，用来做小提琴的琴弓。乌鸦把他最漂亮的那根羽毛送给了她。后来，狐狸组织了一场音乐会，然后她刚开始演奏，森林里的动物就都睡着了……永远地沉睡了。这时，乌鸦摇晃着翅膀露出了真面目——邪恶的妖怪。接着，它化作一团旋转的烟雾和羽毛，消失在黑暗中。最终，狐狸真的变成了森林里最棒的音乐家，因为，森林里没有人还能活着听她演奏了。"

"科尔文，这也太可怕了。"

"确实如此，妖怪在所有的故事中都是怪物的形象，童话故事教导我们要畏惧他们。"

十二月不知道说什么好。小时候大人们给她讲的故事里也把妖怪描绘成一种可怕的怪物，它们撒谎、骗人、设置圈套，并阻止所有人实现他们的梦想。而科尔文，似乎就将成为那样的怪物。

"你为什么跟我说这个？"

"因为你也应该这么做。你应该畏惧我们——滚开，滚得越远越好。"

科尔文不仅被困在自己家里，也被困在自己无法选择的命运里。

"我也许真的会这么做，"十二月说着，从床头柜上拿起灯和日记，"但不是今晚。"她连"晚安"都没说，便走出了游戏室。

回到自己的房间后，十二月认为自己终于明白了穆恩罗先生那番话的意思。

07

肖像画里

十二月被燃烧的蜡烛味道熏醒了。她讨厌的其实不仅仅是蜡烛燃烧的气味，还在于床头柜上的蜡烛冒出了一缕烟，搞得她的鼻孔痒痒的。蜡烛已经烧完了。

十二月打了个喷嚏。那缕烟抖了一下，伸长，又抖了一下，然后开始绕着烛芯扭动，在空中画出几个字：这边走。

十二月坐起来，把一缕从她用布条挽成的髻中掉下来的头发重新梳上去。她在《特雷莫尔日报》的时尚版读到过，用这种方式把头发扎起来，会让漂亮的鬈发卷得像弹簧一样紧，而且她发现这是将烧坏的衣服再利用的好方法。

那缕烟好像很不耐烦了，床头上方的字逐渐变大，仿佛在催促：这边走。

一缕烟从门缝钻了进来。十二月赶快穿上睡袍，跟着它走出房间。她看到它溜进了楼下的一条走廊，在那里飘浮着，然后消失在拐角处。她加快脚步，布条像缠在发间的飞蛾，在她的头上飞舞。

她跟着那缕烟走进了一条狭窄的过道，两侧是大窗户，一排烛台在黎明时分暗淡的天光下星星点点地闪烁。

又出现了一缕烟，这缕烟有所不同，它始终是笔直的。

"科尔文。"十二月的声音在空荡荡的走廊里回响，"如果这是个玩笑……"

一缕烟像闪电一般从一盏壁灯里飞出来：

左边。

"你给我出来！"转过拐角时，十二月喊道。

安静点儿，一根蜡烛警告她。

快点儿，一截蜡烛头催促她。

"我没心情跟你玩。"

她发现自己已经来到一条很长的走廊上，烟雾雕刻出的文字不停地催促着她。

往前走。

快。

一直往前走。

再走一点儿。

你快到了。

这边走。

十二月在烟雾中大步向前走，她试图扯下墙上用烟雾写成的蜘蛛网似的句子。她的手穿过空气，那些词在她的手指周围破碎。

"我受够了。"她正打算回去睡觉，这时，烟雾终于写道：到了。

接着，烟雾蜿蜒着越过穆恩罗先生书房的门槛，像凝结的水珠消失在窗户上那般，消失在清晨的空气中。

门开着，那个男人站在那儿，眼睛盯着墙面。

"穆恩罗先生？"

"啊，十二月小姐。我吓到您了吗？"

"没……没有。"她嘟囔着，同时把睡袍裹紧，遮住颤抖的膝盖，"我只是有点儿惊讶，天还这么早，您……"

"我刚回来，"穆恩罗先生说，他的目光并没有从墙上移开，"我想给您看个东西。"

十二月迟疑地向前迈了一步，以确保自己在迈下一步之前，两条腿还能站得住。她穿着睡袍，窸窸窣窣地走到墙边，墙上挂满了各种各样的画，圆形的、椭圆形的、方形的、长方形的，大小不一，但主题都是一样的：

几百只红色的眼睛在空画框里飘动。黑点覆盖画布，蔓延到鼻子、耳朵和嘴巴应该在的地方。只是，脸去哪儿了？所有的画框里都没有人脸。

"这是全家福。"穆恩罗解释道，十二月注意到，他手里还拿着一幅画像，"这些画像是在第一次完全变身那天画的。这是科尔文。您瞧，他那时候多小。"

十二月看不出画这幅画时的科尔文有多大。这个画框和其他画框一样，都是空的，除了两个调皮的小红点在画布上隐约可见。

"您知道吗，十二月小姐？没有一个保姆能在这个家忍受这么久。"穆恩罗先生说着，把科尔文的画像放回挂的位置——墙纸上一个褪了色的长方形块里，"对您来说，工作整整满一星期也是个里程碑。事实上，我安排了一顿晚餐来庆祝一下这件事。"

"晚餐？"

"为了向您表达敬意。"穆恩罗先生说。

十二月的脸红了。从来没有人专门为她安排过一顿晚餐，甚至没有人邀请过她共进晚餐。在马戏团的时候，演出结束后，她会坐在大篷车的台阶上吃烤肉串，或者和其他孩子分享装在纸袋里的没卖掉的姜饼——姜饼还是温热的，肉豆蔻的香味在饼皮上弥漫。但晚餐，一顿真正的，坐在餐桌旁，使用刀叉，用柔软的餐巾布擦嘴的晚餐，她从来没有享受过。

"我会穿上我最漂亮的衣服，再戴上一顶帽子，"她一口气说道，"就像《特雷莫尔日报》上的那些女士一样。"

"我相信您一定会光彩照人。"穆恩罗先生笑着说，他的烟雾胡子笑得直打战。

十二月感觉自己的脸红了，于是，她换了个话题。"画像里的那些人是谁？"她尴尬地问道。

"月亮家族。这就是我们家族的名字。"

"这是不是意味着有不止一个妖怪？"

"当然——虽然我们人数不多，而且，不是每个人都和我做一样的工作。"

穆恩罗依次给她介绍出现或没出现在画像里的人。

"这是我的妹妹穆恩妮卡。"他指着一个椭圆形的画框说，这个画框和其他画框一样也是空的，里面只有一副半月形的眼镜。

"迄今为止，一直和我接洽的那个保姆介绍所就是她所经营的。我希望您永远不会见到她，您不会觉得她可爱的。"他窃笑道，"杜斯金表哥，他是一名鞋匠，他制作全城最薄、噪声最小的鞋底。奈丹表哥是我的理发师，他知道怎么让胡子像一缕烟一样柔软蓬松。穆尔库斯和弗林基这对双胞胎在城里开了一家裁缝店，他们做的衣服的颜色会逐渐变淡，而且有耐火功能，但最近他们在处理褶边上出了点儿问题。"穆恩罗尴尬地拉了一下白衬衫的袖口，褶边上立刻印上一圈黑印。

十二月的视线在空无一人的画框间悄悄移动。当穆恩罗先生一一细数月亮家族的成员时，她试图想象他们的脸：她的想象力需要从像有污渍的丑陋的灰衣服般的画布上，炮制出一个个面带怒容的灰烟色的人。

"这个是我。"穆恩罗突然说。

画是空的，和其他的画一样，但这次，十二月在灰色的笔触中发现了浓密的胡须、长长的波浪形的鬓角和像烟一样蓬松的小胡子。在和画的背景一样深的画框上，一行金色的刻字凸显出来：迈克尔·欣姆·穆恩罗。

接着，她的注意力被另一幅画吸引了。这是一个被扶手椅的影子遮住的木制小画框，画中是一个有血有肉的小男孩，他有一双忧郁的黑眼睛，额头上是一团红色的乱发。十二月真的看见了，这不是她想象出来的。她走近那面墙。

"他是谁？"她问，"他的脸怎么不像其他人那样是模糊的？"

她不知不觉伸出一只手，想把男孩的脸擦干净，就像她用扫帚扫科尔文那张脏今今的小脸那样。但散落在他鼻子上的不是一粒粒灰，而是真正的雀斑。

穆恩罗先生惊讶地看了一眼那幅画像。

"他曾是月亮家族的一员，但现在不是了。"他叹了口气，把画像从墙上摘下来，"还是把它撤下来吧。"一抹悲伤笼罩在穆恩罗先生的脸上，一滴泪凝结在他的睫毛间，一时模糊了他的视线。十二月再次注意到他和自己有多么不同：妖怪的眼睛并没有因流泪而发亮，反倒变得暗淡了。穆恩罗先生走到书桌前，小心翼翼地把那幅画像放进一个抽屉里。

"那就这么定了，"最后，他说，"明晚七点。"接着把十二月推出了书房。

在穆恩罗先生把她推出门口之前，十二月看见了被拿走的画像刻在墙上的名字：欧维斯特·猫头鹰·穆恩罗。

08

雪地里

十二月把自己从头到脚捂了个严严实实。她戴了一副连指手套，穿了一件柔软的羊毛斗篷，脚蹬一双鞋带上挂着毛球的毛里靴子，还围了三条长长的围巾。

她走到门廊上，双手叉腰，深吸了一口气，然后穿过大门，朝白雪皑皑的树林走去。她打算给科尔文看看雪，这样的话，至少在这一天里，他会觉得自己是个正常的孩子。马尔霍尼小姐说，围绕穆恩罗先生和他儿子的热气能融化冬天，但十二月觉得至少应该尝试一下。虽然马戏团已经倒闭两年多了，但她的身形仍然矫健得像每天都在训练一样——就在不久前，她曾抓着枝形吊灯摇来晃去，还曾在离地一两米的晾衣绳上行走并保持平衡。所以，只要她跑得足够快，肯定能在雪融化之前把它带回房子里来。

她冒险钻进树林，捧起一把松散的积雪，小跑着进了花园。然而，刚穿过大门，她手中的那捧雪就化了，还弄脏了她的手套。

必须更快才行。她戴着被雪弄湿的手套，回到树林里，又掬起一捧雪。这次，她越过围墙，沿着小路奔跑，但还没等她跑到门廊的台阶，鞋底就开始打滑——雪全化了，手套的指缝已经开始往下滴水。她穿得里三层外三层，跑起来比想象的要困难：羊毛扎得慌，凝结的水珠变成蒸汽，模糊了她的视线。或许，找个容器来运雪会更容易些。

于是她跑进厨房，拿了一个瓷杯装雪，结果雪在进屋几秒后就化成了一杯冷杉针叶汤。她又换成瓦罐试了一次，然后是小锅、茶壶……

"你不会成功的，"马尔霍尼小姐一边说，一边从烤箱里拿出一盘饼干，"魔法太强大了。"

十二月并没有因此气馁，准备换一个容器继续运雪。她看到一个小锅的底部有很多小孔。"哦，妮蒂亚小姐，这个盆坏了。"她边说边指给她看。

"那是筛子，亲爱的，"女管家回答，"往甜点上撒糖霜用的。"

"你刚才做的那种甜点？"

"没错。"

她看着底部凿了很多孔的小锅：银板沿边缘弯曲，像一朵向日葵的花盘。"妮蒂亚小姐，您给了我灵感。"

她的三条围巾，现在一条被扔在楼梯上，一条被扔在了楼梯转角平台上，还有一条围巾扔在长廊的栏杆上。她突然出现在游戏室，手套挂在脖子上，帽子斜挂在凌乱的辫子上。科尔文正蜷在窗洞里看书——确切地说，他又在看她的日记。这次，十二月不能生气——绝不能在努力接近科尔文时跟他生气。

"我从窗口看见你了，像疯子似的来回跑。"科尔文说。看日记的他连眼睛都没抬一下。

"我想给你看看雪。"十二月告诉他。

有那么一刻，他似乎很兴奋。接着，他清了清嗓子，又挠了挠脸。他假装在写字，同时大声念道："亲爱的日记，今天我又让自己难堪了……"

"跟我来，你会看到的。"

十二月抓住他的手腕，把他往楼下拖。她以为他会甩开她的手，或是在最后一个台阶前变身成烟。出人意料的是，科尔文任凭她领着自己来到红漆门前，走下台阶，来到厨房的桌子前，桌上摆满一盘盘易碎的饼干、杏仁和一袋袋糖粉。

马尔霍尼小姐允许她使用厨房几个小时。作为回报，她答应装饰最后一炉饼干。她拿起筛子，在上面倒了一大勺砂糖。

"你在干什么？"科尔文问。

"你看。"十二月说。

她摆好姿势，高高举起那口穿孔的小锅，开始在柔软的甜点上方摇晃。

每次晃动小锅，都会刮起一阵狂风；每次拍打小锅，都会下一场雪。糖粒在空中旋转，为烤盘罩上一层美味的白色的外衣。

科尔文挑起眉毛："所以呢？"

"下雪了。"

"这是糖。"

"这是雪，如果你发挥你的想象力。"

科尔文睁大眼睛。他转过身，背对她，朝厨房门口走去："我回楼上去了。"

十二月迟疑了一下。不应该是这样的，科尔文应该聚精会神地盯着糖，就像一个孩子在窗前看雪花纷纷飘落那样。然后，他应该感谢她，而且，从此变得更听话。

科尔文上楼时，十二月有些义愤填膺。她抓起一块饼干，像抓起一把雪一样，朝他身上扔去。

他诧异地转过身——他的头发白了，袖子上也沾上了白色："你朝我，扔饼干？"

十二月咬牙切齿地说："这是雪，如果你发挥你的想象力。"

科尔文冷笑了一下，走回来，从烤盘里拾起"弹药"。

十二月躲在一个锅盖后面，与此同时敌人向她投掷了一连串甜点。一块饼干击中了她的肩膀，碎成松软的饼干渣。

"不许用魔法！"当科尔文旋起飞到空中，让很多面包屑和糖粉从天花板上如雨般落下时，十二月呵斥道。她纵身一跃，翻了个跟头，钻到桌子底下，勉强躲过了这波袭击。

"你也不能用你的魔法。"科尔文一边抱怨，一边落在变白的瓷砖上。

"你在说什么？我不会魔法。"

"我从来没见过一个人可以跳得那么高。莫非你是猴子？"

十二月朝他猛扑过去。"吃！"她说着，把甜点按在他脸上。他没有生气，反倒咬了一块，还舔了舔嘴唇。

"这里到底出了什么事？"马尔霍尼小姐走进厨房时喊道。她平日面无表情的脸因愤怒变得有些扭曲。

十二月的回答支离破碎，就像地板上的饼干渣："呃……我……不是……故意的。"

"把一切恢复原样，马上！"

科尔文本想变成烟并悄悄溜走，女管家却威胁他："还有你，科尔文少爷。否则，我就不做你爱吃的果酱曲奇了。"

于是，科尔文只得落回地上，十二月对此心怀感激——她很想尝一块果酱曲奇。

他们交换了一个愉快的眼神。面包屑从他们头上如雪般落下，糖粉粘在他们的衣服上。

"看来，你并不是很可怕。"十二月喃喃地说。

"不如马尔霍尼小姐可怕。"科尔文窃笑道。

09

大厅里

十二月注视着她映在镜中的面容。

她穿了一件桃色、杏色和橘皮色相间，也就是一种什锦水果色的泡泡袖连衣纱裙。这是一件站在舞台上也不会逊色的衣服。她如此确定，是因为她在大七的最后一场魔术表演中穿的就是这件衣服。

《特雷莫尔日报》建议赴宴时最好随身带一块浸有香水的手帕来擦额头，于是，她试图从一个小丑朋友送她的那根五颜六色的绳子上解下一块手帕。事实证明，这是一项不可能完成的任务，因为手帕是缝在一起的。她想起有人说过如果她的胯再宽点儿，看起来会更漂亮，于是，她把那根绳子重新卷起来，塞进了口袋里。

她把梳妆台隔板上大大小小的盒子里的粉末混合成深浅不一的粉红色，抹在脖子和脸上，还把樱桃汁抹在嘴唇上。樱桃汁抹了好几次，因为她总是忍不住会去舔。

最后，她在用丝带和发夹固定住的旋涡式发型上别了一顶蛋白酥形状的帽子。衣柜里有更漂亮的帽子，但没有任何一顶帽子能比得上这顶的魅力——奇特凸起的圆顶，顶部的毛毡卷加上帽檐周围的丝带，让它看起来像一顶华丽的马戏团的大帐篷。

十二月满意地欣赏着自己在镜中的样子，她拂了拂裙子，发现层层裙子底下仍有足够的空间藏一个壁炉工具。她选择了吹尘器。

虽然科尔文是个淘气的孩子，但十二月害怕的不是他。尽管穆恩罗先生帮助她从屋顶上下来，还把月亮家族的家人介绍给她，但一想到是在妖怪身边吃饭，十二月就浑身不自在。既然吹尘器能把科尔文变回一个真正的孩子，也许对他的父亲也有效。她并不打算使用吹尘器，只是想到自己随时带着自卫工具，她会更安心。她把吹尘器藏在裙子下面，走出房间，沿着长廊的栏杆朝餐厅走去。

马尔霍尼小姐出现在她身旁，大衣紧紧地裹在身上。

她戴了一顶短檐帽，拎着一个布箱子，箱子不停地在撞她的腿。"我赶时间。"她嘴里嘟囔着，飞奔下楼。

"哦，当然。我们楼下见！"十二月在她身后喊道。

马尔霍尼小姐像往常对待围裙下摆一样，用力拍打大衣的衣摆。"明天见。今晚我休息。"说完，她头也不回地走出了大门。

十二月希望她已经不生前一天厨房糖面大战的气了。她跑下楼，经过镶嵌着装饰的雕花柱子支撑的拱门，走进餐厅。

盘旋在壁炉口的柑橘和雪松皮的香味令她如痴如醉，墙上跳动的灯光令她眼花缭乱。香味来自烛台和熏香瓶，以及玻璃罐中的蜡烛和蜂蜡雕成的花。餐桌中央，一个象牙白色的大南瓜的果肉被掏空，里面装满鲜花和浆果枝，花瓣十分鲜艳，仿佛蘸过果酱。

十二月走进由反射着银光和金光的树叶花环装饰的桌子和架子组成的迷宫。玻璃碗柜上挂着苹果篮、脆松果花饰、橡子项链和木珠子。

餐厅里一个人都没有。

就在这时，科尔文和穆恩罗先生出现在壁炉前，一阵柑橘香味的微风宣告了他们的到来。

"晚上好！"他们齐声说。

十二月吓了一跳。"我没听见你们的脚步声。"她坦称，把手放在身侧——吹尘器藏着的位置。她深吸了一口气，告诉自己必须保持冷静，尽情享受这个夜晚。

穆恩罗先生穿了一身优雅的夜蓝色西装，蓝色的上衣，蓝色的裤子，蓝色的马甲，马甲上钉着圆形、椭圆形和棱角分明的银纽扣，纽扣以描绘月相的方式排列。十二月发现他的袖口改过了，她意识到，马尔霍尼小姐遵守了诺言。

科尔文站在父亲身旁，浆洗过的领子圆圆的，还梳了个溜光水滑的大背头。他的样子很奇怪——像一只把刺收起来的刺猬。

"隐秘而又无声。这是妖怪的特质。"穆恩罗先生微笑着回答。

"当然。"十二月说，这回轮到她微笑了。

"今晚，您很优雅。"

十二月的脸红了，双手交叉放在膝头。她盯着装饰壁炉架边缘的干树叶，与更低处燃烧的木柴争艳。

科尔文困惑地盯着她。他做了很多鬼脸，不止一次在憋笑。"是啊，你确实，嗯……"他仔细观察十二月涂脂抹粉的脸蛋，还有她的裙子上的荷叶边和皱褶。

穆恩罗先生用胳膊肘碰了他一下。"优雅。"一番审视后，科尔文重复了他父亲的话。

"餐厅也美极了。"十二月说着，转向摆好酒席的餐桌。

"稍等。"科尔文一只手握着一把红杉木小提琴，一只手拿着一把用黑色的羽毛做成的琴弓。

"我们家有个传统，"穆恩罗先生解释说，"我们会为后来者演奏一首歌曲，用一把用森林里的红杉木做成的小提琴和一把用对着月亮呱呱叫的乌鸦的羽毛做成的琴弓。"

十二月担忧地看着小提琴的琴箱——像寓言故事里狐狸的毛发那般的微微泛红的琴箱——她希望自己不会随琴声永远地沉睡。

"欢迎来到月亮家族，十二月小姐。"

穆恩罗伸出一只手，邀请她跳舞。

科尔文熟练地将乐器搭在肩上，抬起黑色羽毛琴弓，拉动琴弦。可怕的音乐在餐厅里回荡，仿佛一套音符被扯碎了，科尔文笨拙地试图将它们重新缝合在一起。

"科尔文，科尔文！"穆恩罗先生试图用喊叫盖住刺耳的琴声。

科尔文没理他，假装自己在激情澎湃地演奏。穆恩罗先生不得不伸出一只手，把乐器从他手上夺下来。

"你保证过会练琴。"

"我练了。"小男孩打了个响指，"但没练这首曲子。"

"那就由我来演奏吧。"穆恩罗先生郑重地说。而后看着向餐桌走去的科尔文，穆恩罗先生又补充道："你和十二月跳舞。"

"可是，爸爸……"

"你跳舞会少惹点儿祸。"

科尔文犹豫了一下，用惊慌的眼神看着保姆。

"你怕我吗？"十二月窃笑道。难得看到科尔文尴尬的样子，挺好笑的。

他比她小不了几岁，但个头儿要比她矮得多。他纤细的胳膊环不住她的后背，他把一只手放在她的腰上，那只手瞬间就陷进了裙纱里。"不要以为你比我高就能带着我跳。"科尔文对她说。他的几绺鬓发卷飞了起来，搞得十二月的鼻孔发痒。

穆恩罗先生开始拉琴。一首轻柔的曲子从小提琴中流淌出来，像徐徐沸滚的茶壶发出的那种令人安心的旋律。

科尔文前后摇摆，他不看自己的脚尖时，眼睛就盯着餐厅、装饰品、餐桌和壁炉，就是不看十二月；与此同时，十二月却担心自己会倒在科尔文身上，让他憋死在自己的纱裙褶里。

音乐活跃了气氛，琴弦随着木柴上跳动的火苗一起颤动。科尔文逐渐变得自信，甚至开始直视十二月的眼睛。他什么时候长这么高的？他的虹膜是红色的，红得像摆在餐桌上的那些还挂在树枝上的浆果，他双脚离地，幻化成烟，沉浸在一片薄雾中。

穆恩罗先生抖了一下小提琴。音乐声更响了，变成一串噼里啪啦的音符。科尔文和十二月旋转、跳跃、欢笑。接着，音乐声越来越弱，一根琴弦像一缕薄薄的蒸汽发出嘶嘶声。

科尔文轻轻落回十二月脚边。他微微鞠了一躬，露出一个比这座房子里所有的壁炉和炉子都更温暖她心灵的微笑。

"我们吃饭吧。"穆恩罗先生说着，收起小提琴。

他们围坐在桌旁。十二月拢起裙子，缓缓陷入靠枕之间，仿佛在行屈膝礼。科尔文跳到她对面的椅子上，穆恩罗先生则坐在主座上。

他们享用了肉类和用面包酱调味的烤火鸡，还有黄油奶油卷配卷心菜泥和奶油。

"都很美味，"十二月惊叹道，"马尔霍尼小姐不来参加晚宴太可惜了。"

"哦，妮蒂亚永远不会和我坐在同一张桌子上。"穆恩罗先生说，"她怕我。"

十二月的餐具悬停在半空中，她腾出手来，开始在苹果馅饼上涂欧芹酱，在脆皮烤肉上抹焦糖酱。

"她怕我把注意力全放在她身上。"穆恩罗先生解释说，他的胡子尖微微颤动。

十二月咽下暂存在喉咙里的一口食物。

"妮蒂亚是一个美丽而又深不可测的女人，"穆恩罗先生坦称，"但有的时候，她比妖怪还可怕。"

十二月笑了。科尔文做了个鬼脸，继续吃盘子里的食物。

他们聊了很多，特别是十二月，她聊到房子、房间、之前的保姆留下来的衣服，以及工作、马戏团和她巡回演出的童年。她说，大七在一场魔术表演结束后，在大帐篷的空长凳间发现了襁褓中的她，后来，他就一直照顾她。她会的东西都是他教的，但他死后，马戏团就解散了，十二月搬到特雷莫尔，不知道该做什么。

穆恩罗先生聚精会神地听。十二月觉得科尔文也在听，尽管他假装心不在焉地把盘子里的蔬菜泥摊开，弄成一个火山口的样子。终于到了吃甜点的时候：一个巨大的果冻耸立在桌子中央，上面装饰着苹果煎饼、蛋白酥和杏脯，周围是一圈酥脆的樱桃脆饼。十二月很高兴，无论如何，马尔霍尼小姐还是做了这道甜点。

"好啦，"突然，穆恩罗先生开口道，伴随着叉子当啷一声被放在桌子上，"你们两个相处得怎么样？"

科尔文和十二月交换了一下眼神。

"好极了，爸爸，"科尔文说，"十二月太能干了，只用两天时间就把她会的东西全都教给我了。她可以走了。"

"科尔文太风趣了，"十二月继续说，"我们在一起的时候，时间过得真快。其实，他没注意到，我已经来了一个星期了，不是两天。"

"十二月太谦虚了，她永远不会承认别的地方需要她。"

"科尔文太无私了，总为别人着想。他需要有人照顾他。"

科尔文敲了敲桌子上的杯子。

"十二月爱动手打人。"

"科尔文很粗鲁。"

"她害我崴了脚！"

"他试图憋死我！"

他们对峙了很久。科尔文说，为了追赶他，十二月爬上客厅的窗帘，骑着雨伞架，滚下一段楼梯，还在晾衣绳上行走。

十二月承认，自从她来到这儿，还没洗过一次热水澡，也没喝过一杯茶，因为她怕看到科尔文突然从热气里冒出来。与此同时，他还在变着花样地吓唬她——他用沙发的衬垫和从一只毛绒长颈鹿未缝合的耳朵里涌出的棉絮来伪装自己。

"而且，他还读了我的私密日记，现在日记本上沾满了烟灰。"

"那根本不是烟灰，那是墨渍，以前就有。"科尔文反驳道，"你的字很丑，不要怪我。"

"别进我的房间！"

"你也别进我的房间！"

"我很高兴看到你们和睦相处。"这时，穆恩罗打断他们的话，用餐巾布擦了擦嘴，十二月注意到他的嘴角弯出一个微笑，"这个家已经很久没这么热闹了。"

科尔文把刀插在桌子上，把桌布扎出一个洞。

"这能怪谁？"他咬牙切齿地说，"是你把他赶走的。"

穆恩罗先生的脸沉下来，那一刻，十二月似乎看到了妖怪的本来面目。

科尔文并没有被他吓倒。"别告诉我，你想用她代替他？"他从椅子上跳下来，双手攥拳，垂在身侧，脸上气得直冒烟，

"你不在乎你的儿子，从来没在乎过。"

"这不是真的，"十二月插嘴道，"你父亲非常喜欢你。他给我看过一幅你小时候的画像，而且……"

"我说的不是我，笨蛋，"科尔文怒吼道，"我说的是欧维斯特！"

"欧维斯特？"她在哪儿听过这个名字来着？

"我哥！"

哦！是欧维斯特·猫头鹰·穆恩罗，那个画像中的男孩。

"他没告诉过你我有一个哥哥吗？他把他赶出了家门，因为他天生不会魔法，所以，欧维斯特是……欧维斯特是……"科尔文停下来，咽了口唾沫，也把要说的话咽了回去。接着，他用更刺耳的语气说："他只对魔法感兴趣。他只在乎……"

"够了！"穆恩罗先生怒喝道，然后他站起身，两只手按在桌子上。碗里的鲜花瞬间枯萎了，篮子里的苹果也皱缩腐烂了。一道道暗影开始钻进他的脸，一层烟雾仿佛裘皮大衣将他包裹起来，使他看起来像一头巨大的棕熊。

十二月不由自主地打起了哆嗦。

"说'对不起'，然后，回你的房间去。"穆恩罗对科尔文说。

科尔文抬起充满恨意的眼睛，嘴唇紧紧皱起，他努力克制自己。"你真是个怪物。"他咬牙切齿地撂下这句话，然后跑开了。

餐厅陷入一片寂静。

穆恩罗先生拖着疲惫的身子走向壁炉。"我要去工作了。"他说着，把一条腿伸向即将熄灭的火堆，"所以，现在您可以把它收起来了，十二月小姐。"

他指的是吹尘器。十二月没有意识到她已经把它拿出来了。她很难为情，想把它再次藏进裙褶里。"我无意冒犯您。"

穆恩罗先生，与其说是愤怒，更像是不悦，还有……恐惧。妖怪真的会感到恐惧吗？他仍担忧地看着那个十二月握在手里的东西。现在，她已经确定吹尘器不仅对科尔文有影响，也对他的父亲有影响，或许对整个月亮家族都有影响。

"您手上那个东西对我的家族来说非常珍贵。我把它托付给您，是为了让您保护我们，而不是为了威胁我们。"

"我知道，对不起。我还要习惯一下……"

"现在，您最好回到科尔文身边去，不然，我会认为您忘了做保姆的第一准则。"穆恩罗苦笑了一下，然后渐渐消失在烟道里。

餐厅里只剩下十二月一个人了。

她把一切都搞砸了。就在她以为终于和科尔文建立了感情，并赢得了穆恩罗先生的信任的时候。她不该介入他们父子俩的争吵，她不该把那幅画的事告诉科尔文。

她起身上楼，走在烛台发出的令人昏昏欲睡的光晕里，一直走到科尔文的卧室。她敲了敲门。

"科尔文？我是十二月……"

他没有回应。

"我知道你没睡，请开一下门，我只想跟你道个歉。"

她好像听到房间里传来轻轻的嘟囔声，墙上发出刺耳的金属的声音。那个孩子在搞什么名堂？

"我进来了。"她大声宣告，然后打开了门。

屋里一片漆黑，但她听到了几个并非科尔文的声音，于是慌忙问道："谁在那里？"

"你觉得是女管家吗？"一个刺耳的声音说。

"她太年轻了，不能当女管家。"一个低沉的声音回答。

"那么，可能是有人回应了广告。"

低沉的声音笑着说："不可能。"

"你们现身吧。"十二月命令道。奇怪的是，她并不害怕，更多的是好奇。即便如此，当有人把床头柜上的台灯打开，她还是差点儿吓晕了过去——只见房间里有三个陌生男子，科尔文躺在地上，被三个男人围在中间，脚上还插着一把剑。

第一个人在科尔文上方，按着剑柄，以防他挣脱。

第二个人身处阴影之中，他坐在床边的扶手椅上，转着一把更大的剑。

第三个人在十二月的斜身后侧，正用剑尖指着她的喉咙。

他们裹着破旧的围巾和大衣。但仔细一看，她发现他们手中挥动的那个吓唬她的东西不是剑，而是三根弯曲又锋利的、在黑夜中闪闪发光的拨火棍。

10

黑暗中

十二月没有立刻注意到他们也并不稀奇，因为在黑暗中，这三个人与屋子里的家具和室内装饰几乎融为一体。他们中的一个，高个儿、驼背、油乎乎的头发缠在耳朵上，看上去就像一盏落地灯，上面还扣着一个皱巴巴的旧灯罩。他手里握着一根金属的拨火棍，拨火棍嵌在一个剑柄上，从尖端伸出的钩子一半插在了科尔文的鞋里。

"你是谁？"一看到十二月，落地灯大声问道。

"保姆。"科尔文代她回答。

科尔文蜷缩在一个角落里，双臂垂在身侧，膝盖靠在胸前。他两眼无神，眼圈泛红，头发比平时还乱。十二月看到他紧握拳头，胳膊肘冒着烟，他在试图变成烟雾，但没有成功，也许是疼痛妨碍了他的施展。

"我没问你，小妖怪！"那个高个儿、驼背、头发油乎乎的人把拨火棍朝他的鞋里扎得更深了。

"科尔文！"十二月尖叫着向前迈了一步。

那个原本像画一样贴在墙上，看上去最年轻的人离开墙边，抓住她的一只胳膊，把她拉向自己那边。

"别动！"说着，他举起那根煤一般黑的扁平的拨火棍。这根拨火棍末端呈流线型弯曲，把手呈新月形，护手是一根又细又直的棒子，像燕子的翅膀那样拱起一个弧度。

十二月尽量站着不动，但两条腿在发抖，她甚至能感觉到她的膝盖正在许多层薄纱下发颤。

"嘿，头儿，你说不会有人来的。"像画一样的男孩说。

"我也纳闷儿呢。"

坐在阴影里的人站了起来，他的肩膀与靠背的方形轮廓几乎吻合，这么一动好像扶手椅活了似的。另外，他的小臂很粗壮，很像圆乎乎的扶手，宽大的胸腔像被塞得鼓鼓的衬垫。

十二月看见他的手滑过棍柄，从棍鞘里抽出一根金色的拨火棍。棍尖细得像花剑的剑尖；棍柄像军刀一样刻着花纹，金线闪闪发光，缠绕着棍柄；棍首的圆头上挂着一枚镀金的奖章。

"你叫什么名字，小姐？"他一边问她，一边把拨火棍插进了地板缝里，让棍柄像手杖一样支撑着身体。

十二月感觉自己很渺小。她张了张嘴，想说话，但没有发出任何声音。

接着，坐扶手椅的那个人向那个像落地灯似的人做了个手势，后者将拨火棍的棍尖在科尔文的脚上又转了几下。那个孩子疼得大叫。

"十二月，我叫十二月！"她的喊声盖过了科尔文的尖叫声和怦怦的心跳声。

"什么破名字。"落地灯人冷笑道，"还有，什么破帽子。"他指了一下十二月头上的"蛋白酥"。她愤愤地把帽檐拉到耳朵上，挺直了后背。

"不用怕，十二月小姐。"扶手椅人说。他摘下围在脖子上的围巾，露出整张脸。他的额头很宽，而且布满皱纹，头上稀稀落落的有几根金黄色的头发。十二月好像在哪儿见过他。

"你看见了吧？我们是人，不是怪物。"

他穿的衣服和他的同伙一样，破破烂烂。她看到他衣服上有马车喷溅的泥点，闻到他的鞋底有来自阴沟的恶臭。毫无疑问，他们是从城里来的。

"那边那个粗鲁的家伙叫梅佐迪。"听到他这么说，落地灯人把围巾往下拉了拉，对她露出一个甜蜜的微笑。十二月看到了梅佐迪的一口黄牙，只觉得那个笑黄黄的、油腻腻的。

"你旁边的那个小伙子叫欧内斯特。"

十二月抬起头，偷看了一眼男孩，但兜帽的阴影和一直卷到耳朵上边的围巾让她只瞥见一双比黑暗还黑的黑眼睛。"你们俩差不多大，好好相处吧。"

十二月猛地一挣，权当回应，那个叫欧内斯特的男孩则把她抓得更紧了。

"我叫威尔逊·维斯佩罗。"扶手椅人自我介绍道。为了拿腔拿调，他拂了拂破旧的外套，拉了拉打了补丁的马甲的翻领，松了松褪了色的领带结。

"我们没想到今天晚上会碰到人，但说不准你对我们有用。如果你能帮我们……你告诉她，如果她能帮我们，我们会做什么，梅佐迪。"

"我们，"梅佐迪一边说，一边挠了挠太阳穴，"我们会杀了他们，洗劫这座房子。"

"我们会放了这个孩子，马上离开这儿。"维斯佩罗纠正梅佐迪，语气里透着一种兴致勃勃的味道。

"真可惜。"梅佐迪说着，凶狠地弄乱了科尔文的头发。

小男孩甩了甩头，恶狠狠地吼道：

"我要把你们全杀掉！丑陋的……"他没能把这句话说完，因为梅佐迪又按下拨火棍的棍柄，并把一块皱巴巴的手帕塞进了科尔文嘴里。

"不要伤害他！"十二月恳求道。

"那么，你会帮我们吗？"维斯佩罗逼问。

十二月犹豫不决。她必须救科尔文，可是，她要怎么救？梅佐迪把科尔文钉在地板上，天知道他有多痛。房间左侧的窗户上映出维斯佩罗巨大的轮廓，那个叫欧内斯特的男孩一直盯着右边的门——眼下根本无路可逃。

"如果你们不伤害他，我会帮你们。"

"我向你保证。"维斯佩罗把一只手放在胸口上，点了点头说，"你熟悉这座房子吗，十二月小姐？"

"哦，我已经在这儿住了一个星期了。"

"那就这么定了。你来带路。"

欧内斯特把她往门口推。

"等一下，"十二月大声说，"科尔文不一起来吗？"

她看着角落里的小男孩，脆弱的他可怜巴巴地蜷缩在那里，就像他咬在嘴里的那块手帕。

"梅佐迪会看着他，一刻也不会让他离开自己的视线。"

"不可以。"十二月想。不让孩子离开自己的视线——这是她的任务，这是保姆的职责。

"科尔文！"她叫道，"科尔文！"科尔文甚至没抬头看她一眼。

此时，变故陡生：本来拉着她走的欧内斯特，忽然身体前倾，控制她的手稍微松开了一点儿，在她耳边低声说了句："他在哪儿？"十二月趁着他迟疑的工夫，用胳膊肘猛击他的肚子。欧内斯特疼得弯下了腰，十二月则趁机向前一跃，一下子把床头柜上的油灯打翻在床幔上。

房间中央升起一堵火墙，逼得欧内斯特往后退，并将维斯佩罗和梅佐迪困在火墙对面。一条火舌闪闪发光，像狂风吹起的窗帘角一样飘动着，准备好让一个皮肤如薄雾一般、两眼炽热发红的小男孩穿过。

科尔文一瘸一拐地穿过了这道火墙，伴随着一声呻吟，跳到房门外。"快跑！"他对十二月喊道，与此同时，维斯佩罗和他的几个手下正试图把火扑灭。十二月的动作很快，她跳过门槛，随手把门关上，并用一张小桌子抵住门。那几根锋利的拨火棍在门的那一头对着门板一通劈砍。

科尔文继续沿着走廊往前走，头也不回，十二月立刻跟了上去。

突然，她意识到自己落下了东西。

"哦，糟糕。我的帽子！"她很想回去与火焰和拨火棍斗争，但科尔文攥住了她的手腕。他的眼睛时隐时现地闪着光，他的头发湿漉漉、软塌塌、乱糟糟的，像个蜘蛛似的趴在他的额头上。"这边走，"他说，"我知道一个安全的地方。"

十二月犹豫了一会儿，望向窗外白雪皑皑的冷杉林。他们无处可逃，即使逃到冷杉林里，在无边无际的黑暗中，维斯佩罗和他的手下也一样会找到他们。科尔文受伤了，飞不了了。如果科尔文在冷杉林里继续行走，他的周围就会形成一个冒烟的大水坑——过不了多久，这群闯入者就会找到他们的踪迹。

科尔文走进一条走廊，十二月跟着他。他溜进一间卧室，在炉子旁边蹲下来。半明半暗的光影中，壁炉龛上的树干和芦苇重叠，树枝似乎是从角楼上垂下来的，树叶在月光下闪闪发光。

"我进不去。"十二月说道。

小男孩摇了摇头，把壁炉底部的一块嵌板移开。

"真没想到，"十二月惊呼，她探头看了一眼这间密室里的黑屋，"壁炉里真有一个夹层！"

她抓起床头柜上的油灯，匍匐着爬进白色的灰烬中。她在壁炉另一边等着科尔文跟她会合，然后关上了壁炉的门。

11

密室里

十二月一踏进那间屋子，裙摆刚扫过地板，头上便鼓起一团浓密又昏暗的灰雾。她一度以为那是科尔文，然而科尔文在屋子的另一头，正拖着身子，走向那张靠在墙边的床。他把鞋脱掉了，在身后留下一串墨黑色的脚印。

"你还好吗？"十二月问。

科尔文哼了一声。他躺倒在床垫上，扯下衬衫的袖子，开始往脚上缠。十二月想上前帮他，他却吼了她一嗓子，让她走开，那神情，就像那次她用绣花绷子打他时那样。

"我很抱歉，你的脚受伤了。"十二月说。

"我很抱歉，你的帽子丢了。"科尔文说，"那顶帽子太丑了，你为什么那么在乎它？"

"它让我想到……"它让我想到家，十二月想说的是这个。蛋白酥形状的圆顶以及飘动的丝绸蝴蝶结和丝带，让她想起马戏团的帐篷，不仅如此，那也是她在舞台上表演时戴的帽子——演出结束后，她摘下帽子，用它收获掌声和阶梯看台上扔下来的纸花。

"它让我想到，我曾有一技之长。"她坦然地说道，但她注意到，科尔文并没有在听她讲话，相反，他正在和扯下来的衬衫袖子做斗争——他的脚总是从他颤抖的手中滑脱。

也许她仍然有一技之长。从一个秋千跳到另一个秋千上，被大七"锯成两半"，以及锉狮子的爪子都是相当危险的事，受伤是家常便饭——如果说她在马戏团学会了什么，那就是，把绷带扎得牢牢的。

她走近科尔文，不顾他的反对，抓起那块衬衫布，用她的裙子擦拭了伤口，然后，用"绷带"从他的脚下开始缠起，盖住伤口，裹住脚踝，最后还打了个漂亮的蝴蝶结。

"谢谢。"科尔文说，他的声音很轻，轻得像帽子里的纸花。

十二月强忍着没有行屈膝礼。"那么，这是什么地方？"说着，她开始环顾四周。

壁炉的密室里有一个完整的方形的小房间。她看到其中一边有一张写字台和一把木头椅子，另一边是一张床、一把扶手椅和一个旧五斗柜。墙上挂满了架子，架子上摆满书脊开裂的书。到处挂着仓促完成的画，模糊杂乱的线条和石膏的污渍，让十二月想起穆恩罗先生书房里的那张全家福。

"看样子这里有好几个月没人进来过了。"她说着，走近写字台。书桌翻盖敞开着。十二月伸手去摸时，几团细绳和几个铅笔头从倾斜的搁板上的抽屉里滚了出来，落在一封没写完的信上。那是一份收信地址为"穆尔库斯与弗林基裁缝店"的订单，订单内容有点儿奇怪：条纹马甲、格子马甲、纯色马甲，以及猫头鹰、乌鸦和飞蛾形状的纽扣。此外，还有夜蓝色、蜡烛色、夕阳雾黄色、晨雾粉色，以及其他十二月从来没听说过的颜色的裤子、领带、夹克和毛衣。

"很多年没有人进来过了。"科尔文说，"这是我哥哥的房间。"

十二月赶紧放下那封信。也许这是一间废弃的旧储藏室，穆恩罗先生用来藏匿破烂的家具和即将烧掉的信件。突然，她意识到自己很鲁莽，仿佛翻看了某个人的箱子。

她掸了掸床对面那张扶手椅上的灰，然后，坐在椅子沿上，双手交叉，放在腿上。她回想起画像中那个郁郁寡欢的小男孩。他到底出了什么事？也许他溜进一个燃烧的壁炉，以烟的形式停留了太久，自此消失了。在妖怪家这种事是很有可能发生的。所以，穆恩罗先生才总嘱咐她要时刻留意科尔文。

　　"我父亲对在壁炉里建一间卧室不感兴趣，但欧维斯特非要这么做。他说：'如果生火的时候，我进不去，那我就在火灭了的时候进去。'爸爸只好满足他的要求。"

　　突然，十二月想起科尔文在吃晚餐时说过的话。他哥哥进不了燃烧的壁炉，进不去，是因为他天生不会魔法，所以被赶出了家门。

　　"你知道吗？欧维斯特很风趣，"科尔文继续说，"这么说吧，只有他能逗笑马尔霍尼小姐。"

　　"真的吗？"十二月惊呼，她试着想象面无表情的女管家被逗笑的样子，但想象不出来，"你是说，你见过马尔霍尼小姐笑？她笑起来什么样儿？"

　　科尔文点了点头："她笑起来，脸上的酒窝就变成了旋涡，鼻子会吹哨。"

　　"她的鼻子会吹哨？"

"我向你保证。"说完，他的脸色再次阴沉下来，"我已经两年没见过她笑了，也许她不会再笑了。"

十二月抻了抻裙褶："他应该是个很能干的人吧，你哥哥。"

"是啊。如果欧维斯特在，这种事绝不会发生……他不会……"科尔文突然不作声了。

他们听见房间里有脚步声，就在壁炉外面。接着是低沉紧张的嘟囔声。

"这儿没有。"

"你们去找一下。"

"我们可没有一整晚的时间。"

维斯佩罗和他的手下把屋子弄得乱七八糟。他们听到柜门和抽屉像蟋蟀一样吱吱作响，衣服成群结队地从衣柜里飞出来。

科尔文和十二月屏住呼吸。几分钟后，叫嚷声停止，脚步声沿着走廊远去。

"别担心，"十二月喃喃地说，"他们不会在这儿找到我们的，他们会把口袋装满，然后离开。"

"他们不是小偷。"科尔文严肃地说。

"我认为他们是。"十二月反驳道，"我认为他们想绑架你，然后索要赎金。我在《特雷莫尔日报》上读到过类似的故事……"

"他们不是冲我来的。"科尔文的目光从被丢在地毯上的鞋子上，移到用撕成一条条的衬衫包扎的脚上，"不然这会儿，他们早就把我带走了。"

"你为什么不变身？为什么不在他们抓住你之前飞出窗外？"

"关键就在这儿。你看见他们的武器了吗？那不是剑，那是拨火棍。他们知道我父亲是谁。"

想到磨得异常锋利的拨火棍，想到尖部伸出的铁钩，以及在她耳边低语的那个冰冷刺耳的声音，十二月禁不住打了个寒战。

"那个男孩，欧内斯特，"她大声说，"凑到我耳边问：'他在哪儿？'这么说，他问的是你父亲？"

"你在说什么？"

"他把我往门外推的时候问了句'他在哪儿'。"十二月重复了一遍。

"不可能。"科尔文的一根手指周围有一缕看不见的烟，他捻了捻，模仿他父亲思考重要问题（比如，领带打什么样的结，或者送什么花给马尔霍尼小姐）时的经典动作，"他们应该知道，他整晚都将忙于工作。"

"可是，如果他们不想绑架你，也不想追捕你父亲，那他们想要什么？"

科尔文摇了摇头。他不停地捏自己的脸。突然，他问十二月："你把吹尘器放哪儿了？"

"我把它放在安全的地方了，就在这儿，裙子底下……"

十二月的脸色登时变得煞白，她抓住裙子，一次撩起一层薄纱，在裙褶间仔细寻找，但没找到木板、锥形嘴，也没找到扁平的喇叭形的手柄——吹尘器不见了。"怎么回事，刚才还在这儿。"

"你给弄丢了？"

"让我回想一下。可能是逃跑的时候掉了，和帽子一起，或者……"

"或者？"

"可能落在餐厅了。我不记得了，当时，我很害怕，而且……科尔文，你去哪儿？"

科尔文跳下床，一瘸一拐地朝墙上的小门走去。走廊前立刻撒满白色的灰。

"找吹尘器。"

"妖怪回来之前，我们必须躲在这里。"

"如果那些人找到了吹尘器，就没有什么妖怪了。"

"我不会放你走的！"十二月借椅子跳到床上，再从床上弹起来，落在科尔文面前，挡住他的去路。

小男孩叹了口气："你好好听我说。我父亲托付给你的那些壁炉工具是用一种特殊的合金制成的，可以破除我们的魔法。我不知道那些人是怎么搞到手的，但他们挥舞的拨火棍是用同样的材料制成的。他们弄伤了我，但他们根本不是我父亲的对手。除非……"

十二月知道答案了："除非他们用吹尘器把他变回一个有血有肉的人。"

科尔文点了点头。

"我跟你一起去。"

"你会碍事的。"

"你飞不起来，走路也很勉强。"

他双臂交叉在胸前："那你想怎么样？抱着我吗？"

十二月的目光掠过在床头柜上的小油灯里闪着光、冒着烟的小火苗。

"说实话，"她说，"我有一个更好的主意。"

12

油灯里

维斯佩罗和他的两个手下把屋子翻了个底儿朝天。

地毯全部皱起，仿佛波涛汹涌的海面，一浪又一浪的平纹细布和塔夫绸从打开的抽屉里涌出来，撞到淹没在"水下"的家具和床沿上。十二月在一片狼藉中"游泳"，潜入缠绕的围裙的旋涡中，抵达放箱子的衣柜。

"箱子不见了，"她说，"你说得对，他们把工具拿走了。"

"我们先找到吹尘器，再考虑其他问题。"科尔文说罢，在空中翻了个筋斗，潜入油灯中。

接下来，他们是这么做的：十二月踮着脚，沿着走廊潜行，她把油灯抱在胸前。科尔文时不时地把他的烟雾脖子伸出玻璃边缘，朝后面的犄角旮旯看，看是否有人跟来，然后，用烟雾在空中写下几个大字：解除警报。

"你得承认这是个好主意吧。"十二月低声说。

"嘘。"油灯在咕噜咕噜响，她分不清这是火苗的爆裂声，还是科尔文责备的声音。

她来到通向一楼的木楼梯前，一只脚踏上第一个台阶，不料木头的嘎吱声打断了被地毯压低的脚步声。

"你还在等什么？"科尔文抱怨道。他的身体在灯里裂成一缕缕皱巴巴的烟雾。

十二月又迈了一步，第二个台阶也随着一声呻吟弯了下去。

"我不能再往前走了，上楼的动静太大了。"十二月不等油灯再抱怨了，说道。

她环顾四周，有了一个主意。

"我抄近道走吧。"说着，她爬上栏杆，沿着抛光的木扶手滑行，裙子在空中飞舞，辫子在耳朵周围飘动。最后，她轻轻一跳，落在地上，然后跑到窗帘后面躲了起来。她举起灯，用一根指头弹了弹模糊的灯罩玻璃。

"你还好吗？"她问科尔文。

一股股杂乱的浓烟在即将熄灭的小火苗周围蔓延开来。

一个模糊抖动的"好"字在灯罩边缘冒出来。

十二月微微一笑，然后像"妖怪"一样悄悄走进餐厅。

梅佐迪前后摇晃，像挥动槌球棒一样，向下挥动金属拨火棍；又像挥动羽毛球拍一样，向上挥动金属拨火棍。他左右开弓，不停地砸碎陶瓷小摆件，砸不坏的东西，他就揣进口袋里。

十二月和科尔文决定从餐厅开始找吹尘器。她记得最后一次见到吹尘器是在这个地方。

"可能在桌子底下。"油灯建议道。

"好主意。"十二月说。科尔文的脸红了——至少她是这么认为的：灯里的烟稍稍散去，粉红色的光晕照亮火苗边缘。

她藏到一张沙发的靠背后面，看到沾满污渍的桌布垂到一边，桌子周围全是碎裂的杯盘，装饰品也被弄坏了。到处都是燃尽的蜡烛、扯掉的花朵和破碎的树叶花环，连壁炉里的柑橘皮都发出了难闻的气味。

十二月把灯高高举过头顶，匍匐向前，她绕过一个铁衣架和一张装饰着丝带的扶手椅，钻到一张小圆桌底下，桌上摆着一套梅佐迪狂怒时没有砸碎的茶具。最后，她来到餐厅中间的大桌子旁边。她滑到雕花的桌腿之间，四肢着地，在残羹冷炙间匍匐前进。从始至终，她连吹尘器的影子都没有看到。

"喂，你在这儿干什么？"

十二月吓了一跳，屏住呼吸。她听到梅佐迪迈着无精打采的步子，穿过碰撞在一起叮当作响的破碎的杯盘，朝餐桌这边走来。

幸好，垂到地板上的桌布像幕布一样遮住了他们。桌布上有一个小窟窿，那是科尔文在吃晚餐时用刀扎出来的，十二月通过这个窟窿向外偷看。

当她看到是那个叫欧内斯特的男孩快步出现在餐厅时，她松了一口气。只见欧内斯特的围巾蒙住了脸，黑色的拨火棍挂在腰间。

"你来干什么？"梅佐迪对他吼道。

"你太吵了。"欧内斯特回答。

"哦，是吗？你觉得邻居们会来抗议吗？"梅佐迪把拨火棍搭一个在大理石架子上，然后把上面的东西全都划拉到地上。

"我刚才就在附近，我正在抗议。"欧内斯特说。

他说完正准备离开，梅佐迪却从背后抓住他。"别跟我开玩笑，小家伙。"他一只手薅住欧内斯特的衣领，另一只手扬起拨火棍，"我不听你的指挥！"

"是维斯佩罗派我来的。"欧内斯特平静地说。

梅佐迪瞬间消了气。他的指尖颤抖着，恭敬地拍了拍同伴上衣被他弄皱的地方。"你能告诉他我正在找吗？"他咕哝着，把手里的武器和声音都放低了。

欧内斯特耸了耸肩，权当整理了一下外套。围巾落在他的脖子上，让他的脸短暂地露了出来。

十二月太好奇了，忍不住想看看欧内斯特长什么样。她探出身子，手腕不小心碰到一个勺把儿，勺把儿发出颤音，在一个空茶杯里像铃铛似的旋转。颤音在刚刚静下来的房间里回荡。十二月一动不动，不敢把那只眼睛从桌布上移开。

"什么声音？"梅佐迪惊叫道。

"你听见了？"欧内斯特问。他急忙把围巾拉到鼻子上面，快速地在脖颈后面重新打了个结。他扫视了一圈房间，最终目光停在桌子上。

十二月抱着油灯，心跳到了嗓子眼儿，她等着男孩拉开桌布，抽出黑色的拨火棍，对准她的喉咙。

然而……

"是瓷器在颤。"欧内斯特冷笑道，拍了一下梅佐迪的后背，

"你一定把它们吓死了。"

"够了。"

欧内斯特幸灾乐祸地走出房间，十二月感觉他最后看了桌子一眼。

"你转告维斯佩罗，我会尽心尽力的。"梅佐迪在他身后喊道，然后朝相反的方向走了。

十二月一直在等这个机会。她蹑手蹑脚地在桌布的褶皱间穿行，以免再次碰到盘子和餐具。她从桌子底下钻出来，没走几步，就看见梅佐迪的影子在她面前，映在一个玻璃碗柜上。她弓着腿，摇摇晃晃地快步向前走，梅佐迪停在屋子中央，将拨火棍举过头顶，朝她扔了过来。十二月身子一歪，跳到了一旁。

拨火棍没有击中目标，顺势扎到了墙上。十二月着急忙慌地寻找藏身之处，但对手的动作更快。他跳到桌子上，捡起银色的拨火棍，然后从桌子另一边落地，挡住她的去路。

"哎呀，十二月小姐。把油灯放下吧，你没办法像刚才那样捉弄我了。"

十二月犹豫了一下。她不想离开科尔文，一秒钟都不想让他离开自己的视线。没想到梅佐迪又说："你把那个小家伙丢到哪儿了？"

他显然没料到科尔文正泡在沸腾的灯油里。于是，十二月把油灯放在圆茶几上，放在那套粉黄相间的茶具的茶杯中间，然后向后退了一步。她撞到了固定在地板上的铁衣架，又长又弯的钩子在她头上伸展，像壁炉后面光秃秃的树枝。

"他逃到树林里去了。"她说了谎话。

"没关系。我敢打赌，他就在你手上。"梅佐迪说着，恶狠狠地斜了她一眼。

"我不明白你在说什么。"

梅佐迪朝她走过来，凶狠得像是驯兽员走向一头坐在装饰着菱形图案基座上瑟瑟发抖的狮子。不过他手里拿的不是鞭子，而是一根拨火棍。他在十二月的衣服周围挥舞着那根拨火棍，用拨火棍拍了拍她的灯笼袖，棍子顺着满是蝴蝶结的胸衣往下走，最后，他指着她身侧的一个鼓包，这正是她下楼吃饭前放吹尘器的地方。

"你的口袋里藏了什么？"

十二月把一只手伸到打褶的荷叶边下面，捏了捏她喷满香水的手帕边缘。在手帕上喷香水，这是《特雷莫尔日报》教的。

"就是一块手帕。"十二月用无辜的语气说。

"拿出来。这种时候，你需要用它擦擦额头。"

"哦，没关系。"她一边回答，一边用手背揩了两下脸。

"你可以用它擦眼泪，你好像吓坏了。"

"我没事，多谢。"相反，她发现自己的眼睛很干，因为她忘了眨眼。

"把那条该死的手帕拿出来！"梅佐迪怒吼道。

十二月吓了一跳，抓住手帕的边缘往外拉。

那是一条漂亮的亚麻手帕，边儿上绣着圆锥形的帽子，角上坠着真正的羊毛球。一条手帕连着一条手帕，条纹天空上的星雨如梦似幻；又连着一条手帕，一个方形的水瓶里养着一群金鱼……没多久，地板上便流淌着方块、菱形、草花和圆点组成的奇怪的图案。

"我以前是马戏团的。"一绳子手帕从十二月的口袋里涌出来，"它们是缝在一起的。"当最后一块布的一角在其他碰到地面的手帕后面飘动时，她又说道。就在这时，科尔文蓬乱的脑袋从梅佐迪身后的油灯里探了出来。

那个人丝毫没有察觉，他恶狠狠地走近十二月："你是想逗我笑吗？"

"小丑就是干这个的。"十二月猛地抓起铁衣架，举起双臂，双腿向前伸，将铁衣架结结实实地砸在梅佐迪的胸口上。

梅佐迪向后踉跄了几步，但并没有摔倒，直到科尔文从油灯里跳出来，给他来了个扫堂腿。接着，科尔文拾起丢在地上的手帕绳，把梅佐迪捆成萨拉米香肠那个样子，最后再用一块布塞住梅佐迪的嘴。十二月注意到，科尔文将那块布塞到他的喉咙深处时有多么怒不可遏。

"哇，我们……"科尔文说着，单脚跳起，接着，他清了清嗓子，"我很棒。"

"快点儿，我们走吧。"十二月说。与此同时科尔文已经逐渐消失，他抖了一下，躲进了油灯里："但愿他们认为这些动静都是他搞出来的。"

13

小火车里

十二月跑上楼，再次置身于一条幽暗的走廊。烛光熄灭了，窗帘被拉上了。她摸索着向前，手扶着护墙板，感觉心在胸腔里怦怦直跳。她注意到油灯里的烟雾更暗更浓了，这说明科尔文也很紧张。

她听到身后有脚步声，很远，但听起来很不耐烦，还伴随着一个粗哑的声音和一阵连续模糊的低语。

她靠在墙上，屏住呼吸，感觉油灯里的科尔文也在如她这般行事——烟雾停止旋转，蜷缩在金色火苗周围。这样，油灯发出的光会少得多，但足以照亮墙上的一个洞、一个铜制的球形门把手和一扇虚掩着的门上的门窗。

十二月推开嵌板，偷偷溜进房间。她在黑暗中摸索了一会儿，伸出一只脚，试探前方的情况。接着，她的鞋尖碰到了好像是木地板的东西，要么就是散落在地板上的拼图块。科尔文松了一口气——烟雾在火焰周围蔓延，油灯又亮了起来。他们被穿着冬天的大衣、戴着羊毛贝雷帽的毛绒玩具和装满玩具的箱子包围。从玻璃弦月窗透进来的光被染上一种柔和的蜜色，挂在天花板上的风筝投下的影子，在巨大的圆形地毯上相互追逐。

是的，他们在科尔文的游戏室。

"我们安全了吗？"科尔文问。

"我想是的。"十二月回答。

就在这时，他们听到一种可怕的嘶嘶声。风在门的铰链上呼啸，一个影子在柔和的吱嘎声中窸窣作响，有人进了房间。

原来是那个叫欧内斯特的男孩。

他穿着一件褪了色的夹克——穆尔库斯与弗林基裁缝店的裁缝们会将这种颜色称为"烟囱的烟蓝色"，一件蜡烛色的衬衫，一件森林绿雾色的马甲，兜帽压住他的额头，围巾遮住他的鼻子。

男孩一看到十二月，就把围巾拉到嘴巴下面，露出发自内心的得意的笑。

"我终于找到你了。"他说着，拔出那根像烧焦的木头似的的黑色拨火棍，堵住了门口。

十二月向后退了一步，她无处可藏，也无处可逃。她多么希望他也像梅佐迪那样，没注意到科尔文在油灯里，这样，科尔文还是可以偷偷溜走的，就像他所擅长的那样，隐秘而又无声地溜走。

"快跑，逃！"十二月喃喃自语道，把油灯藏到裙子后面。

她用眼角的余光看到火焰在灯罩内忽闪，烟雾在边缘聚集——科尔文在犹豫。"走，立刻！"她又重复了一遍，同时摇晃着油灯的底座。科尔文在沸腾的油里晃悠了几下，缩成一缕烟，跳到外面。他顺着十二月的裙尾滑下来，像一只装了弹簧的小老鼠，从堆在地板上的玩具中间溜走了。

十二月看到小火车动了起来，离开铁轨，在地毯上无声无息地滑动，滑向半开的门。

欧内斯特的注意力全在十二月身上，没发现小火车的移动。

"你激怒了维斯佩罗，"他用黑色的拨火棍指着她说，"你毁了他的计划，我们的研究工作被迫慢了下来。"

一股股烟从玩具火车的车头喷出来，铜制小车厢在地毯上摇摇晃晃。

"你放火烧了床幔。"

解开的车厢像手风琴一样前进，小火车在骰子、小球和扑克牌之间成之字形前进。

"还有，你一胳膊肘捅在我肚子上。"欧内斯特继续说，手揉着肋骨间的某个地方，"这一手可真够恶毒的。"

小火车快到门口了。科尔文快要成功了。

十二月闭上眼睛，等待冰冷的金属抵住她的喉咙。

"你应该留在安全的地方，留在壁炉的密室里。"

男孩把拨火棍扔在地上，一只脚将它踢开。他拉下兜帽，整张脸露了出来。

十二月目瞪口呆——这怎么可能？

他鼻子上的雀斑原本一直藏在围巾里，之前被兜帽遮住的红发重又变成一小绺一小绺的，凌乱地垂在他的额头上。当然，他的五官更硬朗了，但看上去就是……

十二月立刻就认出了他。

"欧维斯特！"科尔文喊道，他从行驶的火车头里跳出来，小火车因惯性在地毯上打了个滑，侧翻在地，"真的是你！"

十二月没认错人，他就是那个画像中的男孩——妖怪的长子。

科尔文扑进哥哥怀里，哥哥蹲在地上，穿着那件又大又破的外套欢迎弟弟。他们拥抱的时间并不长，然后欧维斯特便抓住科尔文的衬衣领子，将他推开。

"嘿，你身上滚烫！"他叫道，用一根指头戳了一下科尔文的额头。

科尔文尴尬地用一只手捋了捋头发，残余的烟雾在他凌乱的头发上盘旋。

"我一直在油灯里。"

"待了多久？"欧维斯特问。

"几乎一直待在里面。"科尔文从容地回答，"后来，我待在小火车里。"

"科尔文……"

"这不是我的主意。"

欧维斯特向十二月投去好奇的目光。

"你从什么时候开始听保姆的话了？"

十二月还是不敢相信面前的这个人就是画像中的男孩，妖怪的长子。不可能是他啊，总之，他，他……

"你已经死了！"她突然惊呼，根本没想过要压低声音。

欧维斯特吓了一跳，冲上前去捂住她的嘴。"嘘。我还没死，但如果你叫得再大声一点儿，我很快就会死了。"他说完慢慢地把手从她的脸上拿下来。

十二月深吸了一口气，让自己冷静下来："我以为你……科尔文说你死了。"

"我从来没说过，"科尔文抱怨道，"但也不是没有这种可能。他已经两年没露面了。"他又用责备的语气说。

欧维斯特耸了耸肩，弯下腰拾起那根拨火棍，接着做了一个很戏剧化的动作将拨火棍重新插回鞘中。

看到拨火棍，十二月一下子清醒过来。即便他是科尔文的哥哥，她也不能放松警惕。她清了清嗓子："你为什么偏偏在这个时候回来，还和那种人一起，欧内斯特？"

科尔文也问道："是啊，这么长一段时间，你去哪儿了？"

"我在城里，"欧维斯特对科尔文说，他选择忽略了十二月的问题，"穆尔库斯和弗林基帮了我。作为回报，我帮他们弄衣服的褶边。"

"什么？是你做的褶边？我说怎么质量大不如前了呢。"

"是吗？好吧，因为我有很多事要做。我得打入'刺尘'内部，所以必须练剑——也就是拨火棍，所以没工夫学缝纫。"

"说真的，我一钻进炉子，衣服的褶边就破了……你看这儿。"科尔文捏着烧焦的衬衫领子，露出发黑的袖口。

"'刺城'……是谁？"十二月向前迈了一步，插话道。

她终于引起了欧维斯特的注意。"刺尘，"他耐心地纠正，"维斯佩罗和他手下那些人这样称呼自己。"

他至少比她高一头，有着和他父亲一样的长腿和他弟弟一样傲慢的举止，以及他所特有的眼睛——看起来像绝对的黑暗。

"刺尘憎恶像我们这样——就是科尔文和我父亲这样的人。刺尘想消灭我们，这就是他们找吹尘器的原因。"

"我就知道是这样！"科尔文大喊道。

"嘘。"欧维斯特斥责他，示意他小声点儿，"两年前，我加入他们的帮派。我想自称苏迪奇奥·萨尔，但这个名字已经被人用了。所以，我就选了欧内斯特这个名字，因为我觉得很有趣。"

"我跟你说过，他是个风趣的人。"科尔文低声对十二月说。她则挑起了眉毛。

"我的计划就是破坏他们的计划，从内部破坏。我想阻止他们找到你们，可是爸爸把那则招聘保姆的广告登在报纸上，暴露了我们家的地址。他让我所有的努力都白费了。"

十二月试着理解欧维斯特的这番话，但有一点儿令人费解：既然那些人那么憎恶妖怪，而且很多年来一直准备袭击穆恩罗先生，为什么在得知妖怪的住处之后，还是等了整整一个星期才动手？

"我以为他们不会伤害你，"欧维斯特转向他的弟弟，继续问道，"你为什么不逃跑？"

科尔文耸了耸肩。"我当时分心了。"他说着，把用衬衫袖子包扎的左脚藏起来。

"我希望你立刻回密室，"欧维斯特说完转向十二月，"我希望你们俩都立刻回去。"

"不可能！"科尔文说，"我们是三个人，他们是两个人，而最蠢的那个还被绑在下面。我们能打败他们。"

"没错，"十二月附和道，"我们能打败他们。"

欧维斯特使劲摇头："不行，打不过。我们打不过维斯佩罗。哪怕我们是十个人，也对付不了他一个人。"

"我敢打赌我能。"科尔文回答。

"我们谁都做不到。只有一个人可以……我们的父亲。这就是为什么你必须回到炉子里去，等他回来。"

"可是，欧维斯特，万一他们找到吹尘器……"

"他们找不到。"

"他们能找到。十二月把它弄丢了。"科尔文双臂交叉在胸前，发出一声愤怒的叹息。

欧维斯特挠了挠后脑勺，嘴角一弯，露出一丝愧疚的笑。

"其实，她并没有把它弄丢。是我把它偷走了。"

"什么？"十二月和科尔文异口同声地喊道。

"维斯佩罗命令我拦住你的时候，我把它从你的裙子下面抽走了。"

十二月脸色变得煞白，努力忽略一个男孩碰过她的裙子的这个事实。"马上还给我！"

"不行，"欧维斯特为自己辩解，"我不能把它交给一个已经弄丢过一次的人。"

十二月本想反驳，却陷入内疚的情绪，找不到任何回击的理由。

科尔文走上前："那就给我吧。"

欧维斯特摇了摇头："万一他们把你绑架了怎么办？我们不能让他们同时得到吹尘器和月亮家族的继承人。"

十二月希望科尔文皱起眉头，一把将吹尘器夺过来，然后使劲跺脚——他很擅长做这些。然而事实恰恰相反，他表现出来的是温顺和妥协。

"我会确保吹尘器的安全。"欧维斯特向他们保证，"维斯佩罗永远不会怀疑它在我手上，他相信我。"

"我们怎么才能相信你呢？"十二月一边问，一边用目光审视着他。

"如果我真的站在他们那边，这个时候我难道不应该已经把吹尘器交给维斯佩罗了吗？"

确实如此。欧维斯特知道炉子里那个秘密藏身处，但他没有对任何人提起过。他放松了对科尔文房间的监视，让她有机会得以逃走；她相当确定他当时注意到自己在餐桌底下，可是他试图用一个笑话分散梅佐迪的注意力。可是，当那些可怕的人折磨科尔文时，他却袖手旁观。梅佐迪袭击他们的时候，他在哪儿？

"你不相信我，我能理解。"欧维斯特无奈地叹了口气，"但我向你保证，我想帮你。"

"为什么？"

"因为你想帮我弟弟。"

十二月看着科尔文。他很虚弱，还受了伤，他需要一个安全的地方休息。她点了点头。为了科尔文好，她愿意将她对欧维斯特的怀疑放在一边。至少暂时如此。

"那你有什么计划？"她问。

"今天晚上我会拖住他们，明天你们把这里发生的一切告诉我父亲，自然会找到别的去处。但现在，你们必须回炉子里去。"

"要是我们在路上遇到维斯佩罗怎么办？"

欧维斯特用一根手指敲着下巴："嗯，有这样的风险。我不知道他现在在哪儿。"

"我先走，帮你们侦察一下情况。"科尔文主动提议。

"这是不可能的。"十二月插话道。

科尔文抬头看着她，看起来很生气。

"只有我能去。没有人会看到我，我一会儿就回来。"

"可是，你的脚……"十二月低声说。

"我能行。"他保证道。他是个骄傲的小男孩。此前，他很容易就被说服并钻进了油灯，甚至为了逃跑，他选择在玩具火车上移动——这样可以不用走路。显然，他对自己感受到的疼痛撒了谎，或许这是为了给哥哥留下深刻的印象。

"跟他说点儿什么吧。"十二月转向欧维斯特。

他惊讶地盯着她："他不能留在这儿，你也不能。炉子是唯一安全的地方。"说完，他把一只手放在弟弟的肩上："你真的可以吗？"

科尔文点点头："我没事。我走了。"十二月还来不及阻拦，他就飘出门外，彻底消失了。

房间里只剩下十二月和欧维斯特了。

"在此期间，我该做什么？"

14

在此期间

马戏团的魔术表演中有这样一个节目：大七将十二月"锯"成两半，把她藏在一个带轮子的盒子里，他选择只向观众展示她画着菱形图案的可爱的小脸，或被条纹紧身裤包裹着的双腿。

表演的时候，十二月的头卡在玩具柜里，裙尾则夹在柜门之间。此刻，她有着和当时一模一样的感觉——自己被劈成了两半。

"我不想躲在这里。"十二月的上半身抗议道。

"万一维斯佩罗进来怎么办？"欧维斯特对她的下半身说。

他把十二月的裙尾抱在怀里，想把她推进玩具柜，自己却在平纹细布的重压下摇摇晃晃——他抱起的层数越多，从手中滑落的布就越多。

"你可以跟他较量一番。"

"我告诉过你，没有人能打败维斯佩罗。况且，我花了很长时间才取得他的信任，我不能毁了所有的……这下面到底有多少层裙子？"

"不许看！"十二月大叫道，一只手抓着胯部的花边，另一只手试图抚平身前的衣服褶皱。

"我不会看的。不，不，不，事实上，我后悔之前偷看了一眼——偷吹尘器的时候。"

"你……你的脸皮可真厚！"十二月侧身一滚，把自己裹在裙子里，像裹在焦糖里的苹果那样。欧维斯特趁机把最后一层平纹细布扔进玩具柜，并随手关上了柜门。

"我在开玩笑，开玩笑，"他转动着把手说，"别生气。"她则倒在地上，背靠着玩具柜门。

玩具柜里有一股烤煳的饼干味，里面装满了破玩具，以及被烧坏的和残缺不全的毛绒玩具。十二月陷在裙子里，蜷缩在柜子底部，她在那里发现了一只兔耳朵，也可能是大象的鼻子，或者是泰迪熊软绵绵的腿。

透过柜门，她听到时钟嘀嗒和木头吱嘎呻吟的声音，以及欧维斯特不断不耐烦地用鞋底抓地板，用手指敲击弯曲的拨火棍的手柄发出的声音。

"你担心科尔文吗？"十二月问，她的声音在玩具柜里回荡。

"他是个勇敢的孩子。他很快就会回来的。"他说。

"他在试着模仿你。"十二月说。

"我？"

"你很勇敢，打入了'赤尘'。"

"刺尘，"欧维斯特纠正她，"我只是想帮助我的家人。我只能这么做……"

"因为你不会魔法。"十二月咬住下唇，回想起画像中那个不幸的男孩，"对不起。"

"不用道歉。你见过他们吗，月亮家族的人？他们都面色苍白、郁郁寡欢。我愿意这样来理解——我用魔法换来了幽默感。"欧维斯特清了清嗓子，"你也很有勇气，竟然来为妖怪工作。"

"穆恩罗先生是个很和善的人，"十二月一边说，一边焦急地摆弄着裙摆。她不想承认，有时候她也有点儿害怕。"为什么'捅尘'这么恨他？"

"刺尘。"欧维斯特叹了口气重复道，"你觉得是为什么？他们怕他。"

"可是，他的工作是吓唬小孩。"

"这么说吧，他们从没克服过那种恐惧。"

十二月蜷缩在一团布里，伸长双臂，弯下身，抱住膝盖。她想到科尔文，想到他以前跟她讲话那么粗鲁、那么无礼。发生绣花绷子那件事后，他不再低估她了，相反，她让他觉得即便她不是一个有威严的保姆，也是一个可怕的对手。话说回来，时间过去多久了？科尔文是不是该回来了？

"我并不勇敢。"十二月说，她在裙子间辗转反侧，把她的声音压在柜门间的缝隙里。

"怎么说？"

"我是碰巧来这儿的，我甚至没做过保姆。"

"哦……"

"如果我没在晚餐时激怒科尔文，他就不会落入维斯佩罗的陷阱。我允许他从密室里出去，我说服他钻进油灯，即使这么做很危险。而我刚刚违反了做保姆的第一准则。"

"什么准则？"

"永远不要让孩子离开你的视线。"

十二月突然听到一种奇怪的声音。像给玩具上发条的声音，像铜火车头的喷气声，像小提琴的呜咽声，像低沉的擂鼓声……

"你是不是在笑？"

"没有，没有。"欧维斯特说，但她意识到，他把头埋在围巾里，想把笑声捂住。

"你就是在笑！"

欧维斯特深吸了一口气："听我说，我没读过保姆手册，但我知道照顾一个人是什么意思，你的绷带扎得很好。"

"你怎么知道是我扎的？"她惊讶地问。

"他一个人扎不成这个样子。"欧维斯特解释说。

"他感谢我的时候，我也挺吃惊的，那是他头一次……"

这时，玩具柜的门突然开了。十二月从里面滚了出来，后背着地，蓬松的裙子罩到了头上。

欧维斯特从上面盯着她看，脸上的雀斑都变得煞白了。他睁大眼睛，声音哽咽，这些都预示着最糟糕的情况发生了：难道刺尘找到他们了？维斯佩罗他们找到吹尘器了？还是他们找到科尔文了？

"他感谢你了？"欧维斯特心烦意乱地重复道，"你确定不是那种'嗥嗥'的低吼？"

"我确定，"十二月困惑地说，"他确实说的是谢谢。"

欧维斯特开始揉搓他的胡子（其实，他没有胡子），就像穆恩罗先生（还有科尔文）思考重要问题时那样。

"我从来没听他说过这句话，一次都没有。即使当时他卡在烟囱口，我爬到屋顶上，往他身上倒了一桶果冻才救了他，他都没和我说声谢谢。那一次幸亏有我，爸爸才没发现。这个忘恩负义的小家伙。"

"啊，"十二月叹了口气，"这说明，他撒谎了，也意味着他的脚其实疼痛难忍，我们必须去找他。"

"遇到刺尘的话，我们该怎么办？"

"他们叫……嘿嘿，这次你蒙对了。"

"我学得慢，但早晚能学会。万一碰到他们，我们怎么办？"

"但愿我们应付得了。"欧维斯特叹了口气，他扣上兜帽，抽出煤一般黑的拨火棍。

接下来，他们是这样做的：十二月踮着脚，沿着走廊走，并把油灯抱在胸前；欧维斯特走在她前面，精神高度紧张，黑眼睛眯成一条缝。他不时示意她贴着墙根走，他则朝墙角后面偷看，观察是否有人来，然后挥手催促她向前。

"这个地方我不熟。"她低声说。

"嘘。"欧维斯特小声说。十二月分不清这是责备的声音，还是他的衣服在接缝处裂开的沙沙声——他的肩膀上撕开一道口子，膝盖上也撕开一道口子，短靴的鞋带磨破了，还打了很多结。尽管如此，他仍无比骄傲地给她带路。

十二月突然停下脚步，她感觉有人在拽她的裙子，那个瞬间，她的心跳到了嗓子眼儿。她转过身，发现是裙子被抽屉的把手钩住了，便松了一口气。她想要挣脱开来，便不得不扯了一下裙子——她终于成功了，可欧维斯特不见了。

"欧维斯特！"她用微弱的声音喊道。

走廊笼罩在半明半暗的光线中，烛台在深色的护墙板之间沿着地毯延伸的方向分布，在十二月的鞋上投射出一道道斑驳的光。

她不知道该往哪儿走，也不知道该怎么办。也许，她可以掉头回去，躲回装破玩具的柜子里；或者找到楼梯，然后从那儿去往她的房间。她可以在壁炉的密室里等科尔文和欧维斯特跟她会合；或者遇到刺尘的一员，在与他的对抗中死去。

她犹犹豫豫地走了一步，接着，又走了一步。当她想溜进眼前的空房间，一直躲到天亮时，欧维斯特却突然出现在她面前。十二月在他暗黑的眼睛里摸索着，在他如释重负的笑容里幻想着。

"终于找到你了。跟紧点儿。"他说着，牵起她的手。

十二月牵过好几个男孩的手：他们把她举起来，把她吊在秋千上来回摇她；或者，是她牵着一只穿泳衣的小猴子从蹦床上跳进水里，男孩们再把她从水里拉出来；又或者，当她把手伸进纸包里抓姜饼的时候触碰到其他男孩的手——总之，之前的牵手，感觉没有什么异样。

但这次很不一样——她感觉她的心怦怦跳，手指上有一种奇怪的麻酥酥的感觉。她告诉自己这很正常，因为她被维斯佩罗吓坏了，她担心科尔文，同时还伴随着死亡和失去工作的风险。

"你们为什么手拉手？"一个气呼呼的声音尖叫道，似乎来自高处。

"科尔文！"

一绺黑发从一个靠在走廊墙上的架子的顶层露出来。

"你在上面干什么？"

"我被卡住了。"

"我去拿一桶果冻。"欧维斯特边说边作势要走开。

"现在不是开玩笑的时候，"十二月责备他，"科尔文，我上去接你。"

"你说什么？得有一架梯子才能够到……"没等欧维斯特说完这句话，十二月就提起裙子，像爬梯子一样，跳到固定在墙上的烛台上，与此同时手里还提着那盏油灯。不一会儿，她就爬到了架子顶部。

"科尔文！没事，总算能松一口气了。"

"别碰我！"他咆哮着，弓起背，躲开十二月的手。接着，他的语气又缓和下来了："会烫到你的。我跳到了蜡烛上，不得不停下来。"烟雾从他的耳朵里冒出来，衬衫的领子变成了一条冒烟的布条。

"因为你的脚吗？"十二月问。

"因为你！你没包扎好。"

十二月无奈地叹了口气。她把科尔文说的那句腼腆的"谢谢"从脑海里翻出来，又重新塞进记忆的口袋。

"你们下来。"欧维斯特的声音从下方传来。

"你们为什么手拉手？"科尔文问。

十二月揉搓着辫子间的丝带。她不停地拉着它们，把它们绕到耳后，并试图让它们像几绺头发那样贴在头上："我迷路了，然后……"

科尔文做了个鬼脸，眯起蓝灰色的眼睛："十二月，有件事我必须告诉你。"

这时，另一个声音传到了天花板上，不是欧维斯特的声音。

那是一个粗鲁的声音，伴随着沾满泥巴的脚步声和刺耳的金属尖端刮擦墙壁的声音。

"以后再告诉我吧，我们必须抓紧时间。"十二月催促道，示意科尔文钻进油灯里。

科尔文的眼睛红了。他皱起鼻子和眉头，一只手从灯罩边缘伸进去，然后是身体的其余部分。接着十二月便沿着来时的路径原路返回。

"这边走，快！"欧维斯特给他们带路。

十二月刚转过拐角，就撞到了某样东西，她本以为是有很多球形拉手和抽屉的大衣柜，不过紧接着她就意识到，那是一个打满补丁、镶着纽扣的巨大的胸脯。她和大胸脯撞了个正着，震得她的耳朵嗡嗡作响。

"这个我拿着吧。"维斯佩罗说着，一把从她手中夺过油灯。科尔文试图逃跑，但维斯佩罗阻止了他——用挂在拨火棍上的大奖章堵住了玻璃灯罩顶部的出口。

十二月向前扑过去，有个人却抓住了她，把她的胳膊往后一扭，按在她的背上——梅佐迪显然给自己松了绑，此时，他把那根一条接一条缝起来的魔术手帕像围巾一样缠在脖子上，一脸开心的表情。

十二月期待着欧维斯特手中的那根黑色的拨火棍飞过来帮他们。然而当她转过身时，却发现走廊上空无一人。欧维斯特又不见了。这次，十二月确定他不会再回来了。

15

陷入困境

"**哦**，这儿太冷了。"梅佐迪缩在破旧的外套里抱怨着，"好像生怕人不会瑟瑟发抖似的。"他谨慎地在书房里转来转去，指着令人头晕目眩的书架，架子上塞满各种有棱角的东西。

和面试那天一样，十二月坐在没有生火的壁炉旁的那张半月形沙发上，肩膀僵硬，双膝并拢。在她面前，维斯佩罗满意地占据了穆恩罗先生的椅子。他手中的拨火棍绕着一个金色的小桌子的边缘转动，小桌子上放着一个空茶杯、一个苹果核、几块烟熏奶酪和那盏油灯。

"哦，你们看那小子。"梅佐迪惊呼，他把大脸贴在玻璃灯罩上。一小团烟雾从油灯的一侧跳到另一侧，裂成一缕一缕的烟丝，在火焰周围缭绕。

科尔文试图挣脱，但灯罩上的大奖章令他无路可逃。这个奖章和金色的拨火棍肯定是用合金制成的，就是那个用来制作消解月亮家族魔法的壁炉工具的材料。

"我犯了个错误，今天晚上，"维斯佩罗一边说，一边摩挲着自己的下巴，分不清他下巴上是斑驳的白色疤痕，还是几绺金黄色的短须，"梅佐迪，告诉她是什么错误。"

梅佐迪不再闲逛，而是走近扶手椅，用胳膊肘顶着椅背，转动着那根手帕绳："我们应该立刻杀了她。"

维斯佩罗看起来似笑非笑。他既没有责备梅佐迪，也没有否认他其实和梅佐迪有同样的想法。

"我以为没有人会回复报纸上的广告。但是，你回复了，十二月小姐。你一定很绝望，要么就是因为很愚蠢，才会相信妖怪。"

油灯里的烟雾跳动着，似乎在不停地摇摆。

"穆恩罗先生是个好人。"十二月说。她想，如果她跟维斯佩罗多说说穆恩罗先生的事，谈到他的礼貌和善意，也许维斯佩罗会改主意，放了科尔文。"他不会伤害任何人，有时候，他会制造一些让人恐惧的场景：门砰砰响，墙上的阴影什么的⋯⋯只是有点儿可怕，仅此而已。"

"我要杀死恐惧！"维斯佩罗喊道。他一跃而起，一只手猛拍了一下金色的小桌子，苹果核顿时滚落到地上。梅佐迪捡起那个苹果核，在胳膊肘上擦了擦，慢慢地啃了起来。

"过了今晚，孩子们将不会再在他们的床上瑟瑟发抖了。"维斯佩罗继续说道，"至于大人们，也将不再被恐惧所困，能够大展宏图。"

十二月在沙发上陷入沉思。她揉搓着裙子，穆恩罗先生的一袭蓝衣、平静的目光和他的月牙笑的形象在她的脑海中挥之不去。接着，那个形象消失了，妖怪的形象占据了她的想象：月亮家族的穆恩罗熄灭壁炉里的火，用黑暗涂抹房间，在床脚铺上阴影地毯，在窗户上拉上烟帘。也许维斯佩罗是对的。既然她也害怕穆恩罗先生，那她凭什么为他辩护？

突然，科尔文停止了旋转，像一根凌乱的羽毛停在灯罩底部。这情景让十二月顿时清醒了。

"结果正相反。"她毫不畏惧地站起来说，"孩子们永远会害怕——不是害怕墙上的影子，就是害怕脚下的影子。"

维斯佩罗皱起眉："你都不知道你自己在说什么。"

她回想起她刚来的那天，她刚发现新雇主是妖怪的那一刻。

"永远要有一种巨大的恐惧，一种使其他一切恐惧都显得微不足道的恐惧。"那天，穆恩罗先生这样对她说。

"显然，那个怪物抄袭了你的话。"维斯佩罗说。

十二月摇了摇头，态度越来越坚定。她回想起自己放火烧了床幔，只用一根手帕绳与手持武器的梅佐迪对峙的情节。"今晚，是害怕失去科尔文的恐惧让我变得勇敢。"

"够了！"维斯佩罗大喊道，手中金色的拨火棍一挥，差点儿划到十二月的鼻尖。

就在这时，书房的大门被打开了，欧维斯特气喘吁吁地走进房间。

"啊，欧内，我的孩子。"维斯佩罗张开双臂欢迎他。接着，他松了松褪色的领带，让自己平静下来："你躲到哪儿去了？"

十二月也很纳闷儿。

"我在厨房找了一圈……"欧维斯特说。兜帽在他的背后晃动，他把围巾叠绕在脖子上，令脸上的雀斑一览无遗。

维斯佩罗满怀期待地看着他，欧维斯特却摇了摇头："吹尘器不在那儿。"

"没关系。你不用找了……"

"好的，那我准备走……"

"……因为，十二月小姐会为我们找到吹尘器。"

"什么？"欧维斯特和十二月齐声惊呼。

维斯佩罗又一屁股坐在吱嘎作响的扶手椅上。

"看来，十二月小姐对她的新工作很上心。"他继续说着，一只手绕着油灯转，在桌子上和房间里投下扭曲的影子。"我想知道，如果那个小妖怪永远消失了，"他用长满老茧的手做了一个爆炸的动作，"你还怎么照顾那个小妖怪。"

十二月咽了口唾沫。她惊恐地注意到，灯里的烟越来越苍白。一缕缕烟散了、薄了，像蒲公英的种子——科尔文坚持不了多久了。

"不过，即使你把吹尘器给我们，我们也会杀死妖怪。总之，无论如何，你都会失去工作。这叫……梅佐迪，告诉她，这叫什么？"

梅佐迪的嘴里吐出含混不清的声音和苹果屑："进退两难！"

十二月拼命寻找欧维斯特的目光，他的眼睛一直盯着油灯，手里紧握着烧焦的棍柄。

她多么希望，欧维斯特看到弟弟这样，会发起反击，拔出武器并对抗刺尘。只要给她发一个小小的信号，她就会把科尔文放出来，与他并肩战斗。

"我给你第三种选择。"维斯佩罗用大拇指摩擦着拨火棍金色的手柄，不屑地直视她的眼睛，"你可以走了。"

"什么？"

维斯佩罗撇起嘴，下巴上那几道疤的颜色更深了。

"你没听错，你可以走了。再去找一份工作吧，忘掉妖怪。花一点儿时间考虑一下，不过，时间不要太长。"他把鼻子贴在灯的玻璃罩上最后说道，"我不知道这里面这个小妖怪还能撑多久。"

十二月站起身，垂头丧气地朝门口走去。

"我忘了一件事，"维斯佩罗叫住她，"欧内斯特会看着你。我们可不希望你不告而别。"

十二月恨恨地瞥了一眼欧维斯特，然后和他一起走出房间，与此同时，维斯佩罗的欢笑声在她身后响起。

十二月加快脚步，欧维斯特蹦蹦跳跳紧张地跟在她身后。

当他们离书房足够远时，他终于鼓起勇气站到她身边。

"你生气了？"欧维斯特试图读懂她脸上的表情，"专注？担心？别告诉我你饿了。"他开始在他破了洞的裤兜里翻找："我有块糖，放到哪儿了呢？"

十二月突然停下脚步，她试图模仿马尔霍尼小姐在看到科尔文未经允许就进入厨房，啃还没出炉的饼干时的那种失望的怪模样。

"这一切对你来说只是个玩笑吗？潜入刺尘，却使你的弟弟陷入险境？"

欧维斯特继续在他的衣服里翻找，他把撕开的口子和脱线的口袋的补丁搞混了，手指从破洞里穿了过去。"老实说，你的脸色很苍白。今天晚上挺难熬的，你需要补充点儿糖分。"

"把吹尘器还给我。"十二月说。她站在他面前，态度十分坚决。没有别的选择，她必须把科尔文从那盏油灯里救出来，她必须马上这么做。

欧维斯特不再在裤兜里找糖了，而是沮丧地抬起头。

"如果我把吹尘器交出来，"他叹了口气说，"他们会用它来对付我父亲。"

十二月没有放弃。"穆恩罗先生法术高强。有一次，他只伸了下胳膊，胳膊肘部就蒸发了。他肯定能行。毕竟，他是妖怪。"

"如果刺尘对他使用了吹尘器，他就只是一个普通人，他对付不了维斯佩罗这样的剑客。没有魔法傍身，他就无法战斗，想跑都跑不了，也无处躲藏。你想把吹尘器交给那个疯子吗？你认为他会停手吗？我告诉你吧：不会。你不仅会将我父亲置于死地，也会将科尔文和整个月亮家族置于死地。"

欧维斯特的表情十分严肃，没有丝毫开玩笑的意思。

"那我该怎么办？"

男孩走过去，把手放在她的肩上，轻柔地抚摸。十二月感觉自己的脸红了。

"你应该离开这里。"

"什么？"

"维斯佩罗憎恨月亮家族，但他不会伤害你这种女孩。"

十二月不太确定是否应该听欧维斯特的话，她见过他在她眼前恶狠狠地挥舞拨火棍。

"你自己说的，你只是偶然来到这儿，并不是真的喜欢这个地方。让我来救科尔文，让我来解决这个问题。"

十二月忍住眼泪，她感觉心头再次涌起一股决心。

"也许我会这么做的，"她说，"但不是今晚。"

她气愤地踩了一下欧维斯特的脚，然后朝楼上跑去。

"你想干什么？"他喊道。

十二月跑到台阶顶端："我去告诉维斯佩罗你是谁。"

她绕过长廊，溜进一条灯火通明的走廊。她开始数门，以便记住自己所在的位置。她经过卧室、小厅、浴室和游戏室。她加快脚步，径直朝穆恩罗先生的书房走去。

看到欧维斯特在前面的房间门口等她，她吓了一跳。欧维斯特双臂交叉在胸前，背靠着门框。当然，他的个子比她高，动作也可能比她敏捷，而且，他没穿着她那么笨重的衣服。但他是怎么赶到她前面去的？她转过身，朝反方向跑。

"等一等！"欧维斯特喊道。

"你把吹尘器还给我！"

"不可能。"

于是十二月继续跑。风在窗外吹拂，在树林里呼啸，在百叶窗间呻吟，在檐槽里呼呼作响。那是一种阴沉的长啸，她走到哪儿，呼啸声就跟到哪儿。

她绕过长廊，走进另一条很窄的走廊，一直走到一段通向黑暗的木楼梯跟前。她一次上两个台阶，三步并两步登上楼梯。

在楼梯尽头，她瞥见一绺不耐烦的红发。

"把吹尘器还我！"

"忘了它吧。"

她又回到二楼，摸索着穿过一条昏暗的走廊，再次来到科尔文的游戏室，发现小火车倒在地毯上，欧维斯特也在那里。她走得再快，脚步声再轻，欧维斯特都会在前面等她。他交叉双臂，背靠着墙，盘腿坐在地毯上，或是蜷缩在楼梯台阶上。无论如何，十二月总能看到他出现在眼前，而他始终不肯把吹尘器还给她。

"你是怎么做到的？"当她发现他坐在长廊的栏杆上时，气喘吁吁地问，"你怎么这么快就到了？"

欧维斯特耸了耸肩，手指轻敲扶手，扬扬得意地笑着说："你忘了这是我家。"

"不，已经不是了。"十二月的嘴里发出嘘声。

他挑起眉毛："你这是什么意思？"

十二月凝视他黑色的眼眸："我不会像你那样做，我不会走。"

欧维斯特笑了一下："其实，十二月小姐，你真的很勇敢。"

"你又来了。别拿我开玩笑！"

"不，不，"他摆了摆手，向她保证道，"我喜欢开玩笑，没错。也许是因为我本身就是一个造化弄人的玩笑。"他低声说出最后一句话，语气中带着一丝忧郁。

"这是什么意思？"十二月问。

"算了。不过，你说得对，我们必须把科尔文救出来。"他从栏杆上跳下来，"跟我来，我带你去看我把吹尘器藏在哪儿了。"

十二月松了一口气。当欧维斯特陪着她沿着一条很短的走廊来到马尔霍尼小姐存放干净衣物的储藏室时，她的心中充满希望和感激。

"是这儿吗？"十二月问，她探头朝门里看。

欧维斯特挠了挠头。"小时候，我就藏在这儿，口袋里装满曲奇。啊，马尔霍尼小姐做的曲奇是全世界最好吃的曲奇。"

十二月转动眼球，松开下巴，做了个惊讶的表情。"吹尘器到底在哪儿？"她一边问，一边走进这个小房间。

"在那边，你看见那个摇摇晃晃的架子了吗？那是可以移动的，墙上开了个密室。"

十二月使劲拉了拉，架子随之晃了几下，但并没有挪地方。

"我打不开。"

"对不起。"欧维斯特说。他立在门槛上，紧握着球形门把手："再跟你开一个玩笑。"说着，他耸了耸肩，关上了门。

"不！"十二月向前扑去，她双手抓住门把手，然而门已经锁上了。她开始敲打铰链，挠门，踢门，用肩膀和肘部撞门。

"欧维斯特，欧维斯特，求求你，放我出去！"

最终，十二月放弃了，她沮丧地垂下头——地板上，在鞋尖和门缝之间的位置有一块糖。

16

浴缸里

这个储藏室没有壁炉密室那么宽敞，但也不像玩具柜那么狭窄。十二月查看了每一个角落，找遍了每一个架子，翻遍了带荷叶边和蝴蝶结的围裙、干净的女帽，以及绣有片形、条形和月亮形状的绗缝被、吸水毛巾、叠放在一起的内衣，甚至还有她和马尔霍尼小姐一起缝制的软软的香囊，却一直找不到任何锋利的东西可以用来把门锁撬开。

泄气的她将一只手放在头上，她把手指插进旋涡似的头发里，抚摸她编成辫子、用梳子和发卡盘在耳朵周围的长发……发卡！刚才怎么没想到？

她解开头发，鬈曲的头发凌乱地披在肩上。她把一只发卡插进锁眼里，像钥匙一样捅来捅去。发卡弯了，十二月把它扔到地上，又拿起一只发卡，接着又是一只发卡，直到弄弯的黑发夹在她的脚边堆成一座小山，像一堆用过的火柴。

她倒在一摞香香的床单上，闭上眼睛，头向后仰。她感觉手下面有什么黏糊糊的东西——欧维斯特留给她的那块糖的糖纸打开了一半。

她简直不敢相信自己居然上了他的当，欧维斯特跟他们真的是一伙的。他是那个对月亮家族怀恨在心的、可怕的组织"刺尘"中的一员。她很想知道，作为家中唯一一个不会魔法的人是什么感觉。对于一个穆恩罗家族的成员来说，会魔法是世上再自然不过的事，可他不会，而科尔文这样的孩子从小就会。受排斥，伤自尊，自惭形秽，他大概就是这种感觉。他肯定憎恨那个夺走他家族继承人身份的弟弟，肯定憎恨那个从来没有真正欣赏过他的父亲。因此，欧维斯特成了刺尘的一员，一个为害怕恐惧的疯狂的理想主义者效劳的剑客。而科尔文呢？万一他发现他的哥哥正企图毁灭这个家族，又会做何反应？当然，前提是他能从油灯里出来。

十二月一跃而起。她扔掉那块糖，却留下又光又厚的糖纸。她回想起穆恩罗先生把她从屋顶上拉下来时说的话：科尔文不仅是在有人靠近他的时候会故意弄出很大的声响，只要科尔文在身边，他就会让人抓狂。

她用手指展平糖纸，再用胳膊肘将其压平，直到它变成一个结实的小长方块，然后，她将那张糖纸从门和门框间的缝隙塞了进去。

"咔哒"一声，门锁被打开了。十二月冲出那个小房间，走向楼梯，然后朝书房走去。可就在这一刻，她改变了主意：她要先去办一件事。

十二月是在马戏团长大的。虽然她是在大帐篷里学会的走路，但仍然花了很长时间才找到自己的专长。她接受过杂技、走钢丝和空中飞人的训练，学会了一些魔术和杂耍。在此期间，她不停地失败——例如她试图把球顶在头上的时候，不只是在她和小丑一起表演的时候，她在训练中一样会磕磕绊绊。不过没关系，每次犯了错，她都会重来。

后来，马戏团倒闭了，她的朋友们流落到各地，她则移居特雷莫尔。在这里，她也尝试了各种工作，但一事无成。不过，和在马戏团的时候不同，在现实生活里工作失败的时候，她不能再次尝试，因为一旦犯错，她就会被解雇。穆恩罗先生是第一个给了她第二次机会的人。

十二月不想浪费这次机会，她不想离开这里，不想再去找一份工作，最重要的是，她不想抛弃科尔文。

她把耳朵贴在书房门上，透过蜂窝状的小窗往里偷看。

"那个女孩在哪儿？"说话的是维斯佩罗。

"她走了，"欧维斯特回答，"她不知道吹尘器在哪儿。天快亮了，我们也该走了，趁着妖怪还没回来。反正那个孩子在我们手上。"

没等维斯佩罗回答，十二月便推开书房的门，昂首阔步地走了进来。

"我来了。"

"哦，十二月小姐，你改变主意了。"维斯佩罗向她表示欢迎。他抬手捋了捋头发，又抻了抻打着补丁的缎子背心："已经过去……告诉她已经过去多少分钟了，梅佐迪。"

"太多分钟了。"梅佐迪轻蔑地咕哝道。

"可惜，梅佐迪说得对，十二月小姐。为时已晚。"

"不，正相反。"十二月说。

她认出了金色茶几上的油灯，玻璃灯罩上闪闪发光的奖章与内部模糊缭绕的烟雾形成鲜明的对比。

"这么说，你把吹尘器带来了？"维斯佩罗问。

"我带来了别的东西。"

维斯佩罗的眼睛被好奇心点亮了，欧维斯特则满目惊愕。

十二月挺直腰板，从口袋里掏出抛光的木头的一角。

"不要。"欧维斯特喃喃自语，目光中充满恳求。

十二月并没有因此心软，她坚定地继续说道："你能认出他是谁吗？"她一边说，一边给维斯佩罗看她从穆恩罗先生的书房抽屉里拿来的那幅画。"叫欧内斯特的那个人对你撒了谎，他的真名是欧维斯特·猫头鹰·穆恩罗。此外，他是妖怪的长子。"

是的，画中那个郁郁寡欢的孤独的男孩与房间里这个惊慌失措、站立不稳的男孩一模一样。

维斯佩罗从十二月手中夺过那幅画。他盯着画像中的人，表情既愤怒，又怀疑。

"我教你格斗。"他说。

他的眼睛里有闪电……

"我将你视若己出。"

他的声音里有响雷……

"到头来，我竟然相信了一个妖怪！"

说完，他闪电般扑向欧维斯特，用一只巨大的手抓住他的脖子。

十二月抓住了这个机会。

"你要去哪儿？"梅佐迪拦在她身前。

十二月跳了起来——从扶手椅跳到沙发上，又从沙发跳到扶手椅上，速度快到梅佐迪根本跟不上她。她落在金色的茶几旁边，吃剩的早餐正放在那里。她拿回了油灯，然后她便注意到茶几是带轮子的——这不是一张桌子，而是一辆放食品的小推车。

她踢了一下小推车，小推车便颠簸着朝窗户疾驰而去。小推车的轮子缠住了带苍头燕雀和知更鸟图案的窗帘，将它们从钩子上扯了下来。三个刺尘成员顿时消失在一团窗帘的中间，仿佛遭到一群发疯的鸟的攻击——蜂拥而至的鸟在他们周围啄食、振翅。

十二月赶紧冲出门去，用从一个伞架里找到的旧把手闩上了门。

她拿开盖住油灯的奖章，但烟雾并没有随之向上飘，而是一直贴在底部。"科尔文！"十二月喊道，"科尔文，你怎么不出来？"

她着急地跑上楼，在台阶上磕磕绊绊，油灯也不小心掉在地上，把玻璃灯罩摔得稀碎。只见一缕烟从尖利的碎片间飞溅出来，接着滚下台阶。

烟雾像一团散开的羊毛，在那里，在两段楼梯间的平台上，科尔文又变回了一个普通的孩子。

他躺在那里，一动不动，不省人事，身上闪着热油的光，全身的衣服都破了。他的呼吸微弱得几乎无法察觉。

十二月把一只手放在他的额头上。

"哎哟！"她惊叫一声，立刻把手收回去，因为科尔文的身上很烫。"科尔文！"她又试了一次，"睁开眼睛，科尔文，我不能碰你。"

科尔文一动不动，呼吸困难。

"别担心，"十二月低声说，"我会照顾好你的。"她把他抱在怀里。她的手刚一握住科尔文的手腕，就感到一种针扎似的痛。热气灼伤了她的手，烫破了她的皮肤，然而十二月咬紧牙关，抱着这个孩子摇摇晃晃地上了楼。科尔文把头靠在她肩上时，她感觉衣袖立刻被他灼热的脸颊烫破了。

她终于把他抱到了浴室，把他放进浴缸，然后，将两桶马尔霍尼小姐准备第二天用的冷水泼在他身上。

一股蒸汽一直升到天花板，浓浓的白雾笼罩着整个房间。

科尔文沉入冰冷的水中，随即，只见他紧抓着浴缸沿儿，浮出水面。"十二月！"他喊道，他喝了一口水，吸了一口气，再喝了一口水，再吸了一口气，如此交替，"是我干的。"

"没事。"十二月撕下一条衣角，在水里浸湿后缠在自己发红的手上。

"你的手……"科尔文看着松垂的绷带后面隐约露出的烫破的皮肤，喃喃地说。

十二月把手藏到背后。"没事，"她重复道，"重要的是，你安全了。"

"是我，"科尔文说着低下头，"是我拿走了吹尘器。"

十二月睁大眼睛，正在手腕上打结的她停止了动作。

"你在灯里待的时间太长了，脑子都糊涂了。是欧维斯特偷走了我的吹尘器。"

"是我从他那儿偷的。"科尔文说，他的眼睛从没这么蓝过。

"什么时候？"

"他不想把吹尘器还给我们时，我就起了疑心。我主动说先去探探路，就是为了从他那儿偷走吹尘器。"

哦，不。

十二月一屁股坐在地上。她手上的伤口一跳一跳地疼，像耳中呼呼的血流声。

哦，不。不！不！

她忽然有了一种强烈的内疚感。欧维斯特肯定是意识到吹尘器不见了，所以才试图保护她，不让愤怒的刺尘伤害她：他先是试图说服她离开，后来又把她锁在存放干净衣物的房间里。而她不仅出卖了他，揭开他的身份，还把他抛弃在虎笼里。

十二月突然站了起来："我们必须回去。我们必须帮欧维斯特……"

科尔文拦住她，身体沉入冰冷的浴缸深处。

"维斯佩罗已经知道吹尘器在哪儿了。"他低声说。

十二月盯着他，一脸不敢置信的表情。

"他说他会放了我，对不起，我有点儿喘不过气来……"

十二月看着他泪光闪闪的蓝眼睛，他恳求的目光里充满绝望。她在他身旁蹲下来："我才是那个应该道歉的人。我不该丢下你一个人，这和那个愚蠢的保姆准则无关。"

她希望她扯下窗帘这个举动能帮助欧维斯特占上风，但愿他能逃到树林里去，并与裁缝穆尔库斯和弗林基在他们城里的店中会合。欧维斯特冒着一切风险以阻止维斯佩罗拿到吹尘器，十二月必须确保他的努力没有白费。

"你把吹尘器藏在哪儿了？"她问科尔文。

他把一只脚伸出浴缸。"我想进壁炉里去，但我的脚疼，走不快。于是我把它放在我能想到的最高的地方了。"

"吊灯。"十二月想了一下说。

"没错。"

维斯佩罗根本不在乎科尔文的性命。当维斯佩罗告诉她为时已晚时，他指的是自己已经知道吹尘器在哪里了。一旦他能离开书房，就会想办法把吹尘器从吊灯上拿下来。必要时，他甚至会毁掉这座房子。但维斯佩罗错了，现在为时不晚。十二月还可以做点儿什么，幸好，那正是她最擅长的——跳跃。

17

灯光下

十二月从长廊的栏杆间探出头，看着挂在天花板上的巨大的黑色水晶吊灯。她仔细端详栖息在金属灯臂间的乌鸦：红宝石像石榴籽，镶嵌在乌鸦雕像的头部，半张着的橙红色的长喙像郁金香的花瓣。在羽毛和闪亮的石头的旋涡中，她看到了——吹尘器的钟形木柄。

"你不会真想这么干吧？"科尔文说，他的声音嘶哑粗粝，仿佛吞下了一小袋炉灰。

"我别无选择。"十二月回答，接着她开始往上爬。

科尔文拽住她的裙子。

"我去吧。"他说。一缕缕烟雾从他的耳朵里冒出来，在烛台发出的柔和的光线下闪闪发光，接着烟雾变得苍白，然后消散在空中。"我变不了身。"他满怀惆怅地说道。

"你的身体还很虚弱，别勉强自己了！"

"可是，即便是对练过杂技的你来说，这也太高了。万一你掉下来……"

"我不会掉下来的。"十二月向他保证。她感觉手指在绷带下抽搐，她看到红色的斑点照亮绷带间的皮肤。

她站到了长廊两旁门前的扶手上，从上面看，吊灯好像没那么高，或者说，离得没那么远。她开始弯曲双腿。

"十二月……"科尔文又说，"别跳。"

然而，下一秒钟十二月就起跳了。她跃过棋盘格地板、胡桃木茶几和木头镶嵌的柱子，裙子在她的胯部周围飘动，裙尾在她的背后呼扇。她把手伸过头顶，抓住吊灯的一只灯臂，吊灯像乌鸦一样嘎嘎叫，围绕着将它钉在天花板上的链条旋转。

她的手刚一碰到金属，就感到一阵剧痛。她咬紧牙关，紧握双手。她将一只手从带花卉图案的装饰品、展开的翅膀和铁爪之间穿过，终于触碰到了吹尘器的木柄。她轻轻一拉，木柄后面，一个像曼陀林的琴箱的椭圆形的面板和一个类似长笛的长长的金属嘴慢慢出现。一场胜利的音乐会在她的脑海中奏响——她做到了，她够到吹尘器了！

就在这时，他们听到一声巨响——是什么东西轰然倒塌和木头被劈开的声音，紧接着，门外传来沉重的脚步声。

十二月赶紧把吹尘器扔向栏杆那头，科尔文伸手接住。接着，十二月小心翼翼地抓着吊灯往回摆动，试图给自己一个助力。情况不妙，她的手指僵硬，伤口周围的皮肤开始裂开了。

脚步声越来越不耐烦，越来越近。

"快点儿！"科尔文喊道。

"你快躲起来。"十二月对他说。

绷带下面痒痒的，仿佛栖息在天花板上的乌鸦飞下来在啄她的手指，疼痛迫使她松开了手。

她之前有过类似的经历，甚至不止一次：她的手够不到秋千，只能松手任凭自己猛然坠落，把观众们吓坏了。她不停地下坠、旋转、弯曲身体，直到她从安全网上弹起来，在胳膊和腿上印出很多小格子。然而，这一次——当她的手指沿着炽热的金属滑动时——她清楚地知道：下面并没有安全网可以接住她了。

这一切都发生在一瞬间。

十二月松开了手。坠落的过程中，她看到欧维斯特沿着长廊飞奔而来，将两根手指叠放在舌头下面，然后"嘟"的一下越过栏杆。随着男孩身体的消散，一声刺耳又绝望的口哨声在房间里回荡。几条火舌从他的红头发里飞出来，几缕羊毛似的浓烟弄皱了他纤细的身形。

欧维斯特变身了，变成了一个烟斑，飞过天花板，仿佛一片暴风雨来临前的乌云，将枝形吊灯遮蔽。这片模糊的、号叫着的乌云将十二月吞噬，她感觉到有一只胳膊环住她的腰，另一只胳膊则揪住她的脖颈。她闭上眼睛，蜷缩在那个旋转的怀抱里。

她落在大厅冰冷的地板上，身上连一点儿擦伤都没有，而欧维斯特就站在她身边。

"你还好吧？"他一边关心地询问，一边扶着她站起来。"我能知道你想干什么吗？"他气喘吁吁地问。

"你……你……"十二月结结巴巴地说，"你会魔法。"

十二月忍不住盯着他看。他的眼睛是黑色的，眼底闪着一道红光，就像科尔文变身时点亮他瞳孔的那道光，只是更微弱一些。他肉桂色的头发又湿又黑，仿佛烟雾弄脏了他的头发。

"欧维斯特，你会魔法！"十二月又说了一遍。

"不是你想的那样……"他刚一开口，十二月就打断了他的话。

"我松了一口气，"她强忍着泪水说，"我不知道是科尔文拿走了吹尘器。如果我知道的话，刚才一定不会丢下你。"

男孩的脸红了，一直红到发梢。他的脸已经从烟雾状态恢复了正常。

"你不用道歉。是我的错，我应该……什么？是科尔文拿走了吹尘器？我还以为是我弄丢了。"

此时，维斯佩罗大步走进大厅，他抽出金色的拨火棍，棍尖戳得大理石地面当当响。

"看来，这是真的。"他说话的样子讨厌极了。

梅佐迪突然从背后袭击了十二月。他抓住她的手腕，把她的胳膊扭到背后，用银色的拨火棍抵在她脖子上。

这次，欧维斯特没有逃跑。他拔出黑色的拨火棍，双手握住，屈膝，准备发起进攻。

维斯佩罗撇嘴道："作为妖怪，你一文不值，你一点儿都不可怕。"

欧维斯特突然向前发起冲锋。然而，维斯佩罗只是抬起胳膊，转动手腕，便能招架。两根拨火棍碰在一起，发出刺耳的尖锐鸣响，金属激烈碰撞造成火星四溅。欧维斯特再次从其他方向发起进攻。他的动作十分敏捷，手中的拨火棍仿佛是弯曲的，像驯兽员的鞭子似的，迅疾而又柔软。

维斯佩罗始终一动不动，只是在防守，将拨火棍从一只长满老茧的手里换到另一只长满老茧的手里。终于，欧维斯特退后了几步，想喘口气。然而，维斯佩罗不打算给对手任何喘息的机会。他突然举起武器，猛地一击。

十二月被吓了一跳。

欧维斯特笨拙地向后一跳，躲开了第一击。可惜他没看见维斯佩罗的第二击，第三击也没看见。维斯佩罗用拨火棍的手柄击打他的下巴，锋利的棍尖打到他的一条腿。他的裤子上被划出一道口子，鲜血直流，上嘴唇也血流如注。

欧维斯特摇晃了几下，单膝跪地。

"他最好别站起来。"梅佐迪在十二月耳边低声说，"他打不过维斯佩罗。"

然而，欧维斯特站了起来。他用袖子擦了擦嘴边的血，骄傲地攥紧拨火棍。

"到此为止吧。"维斯佩罗盯着男孩的脖子说，接着便有一道金光划破空气。尽管困难重重，欧维斯特居然招架住了这一击。

维斯佩罗臂力过人，以一当十，没想到欧维斯特却抵挡住了他的每一次突刺、进攻和抽打。

"我把你教得很好。"维斯佩罗说。他们刚刚的交手证明了这一点，甚至比维斯佩罗预想的还要好。"你知道我们俩有什么区别吗？告诉他区别是什么，梅佐迪。"

"吨位？"那个狗腿子在十二月身后喊道。

维斯佩罗摇了摇头。"你是他们当中的一员。"他举起闪闪发光的武器，"所以，这个东西对你的伤害比对我的大。"说完，他突然往旁边一跳，将棍尖插在欧维斯特的右肩上。

男孩痛苦的呻吟声和十二月的尖叫声混合在一起。

维斯佩罗缴了欧维斯特的械，抓住他受伤的肩膀，把他拖到通往二楼的楼梯底下。

"科尔文，"维斯佩罗喊道，"哦，科尔文！"他雷鸣般的喊声传到天花板上，震得室内的装饰全都在颤动。

"出来，科尔文，你不想救你哥哥吗？"

"别听他的。"欧维斯特喊道。维斯佩罗强迫欧维斯特低下头，妖怪之子的红发映照在维斯佩罗的脸上，像伤口上的血。

"科尔文，科尔文，科尔文。"维斯佩罗还在喊。

那个孩子没有出现。十二月希望他躲进了密室，或者躲到家里的其他地方，或者趁着夜色逃跑，跑到在风中摇曳的冷杉树丛中。

维斯佩罗并没有因此放弃，他不耐烦地单脚跺地。"把那个女孩给我带过来。"他冲梅佐迪吼道。

十二月的双肩变得僵硬，膝盖扣紧，脚后跟似乎钉在地上。梅佐迪把她拎起来，拖到欧维斯特旁边。

"别碰她。"楼梯上传来一个又尖又细的声音。科尔文已经下到楼梯的最后几个台阶，他笨拙地单脚跳着，拖着另一只用袖子包扎的脚。他在巨大的水晶吊灯投下的光中前进，手里拿着吹尘器。

"看来有人偏心。"梅佐迪窃笑道，用手拍了拍欧维斯特的肩膀。他还算有人情味，没拍欧维斯特受伤的那个肩膀。

维斯佩罗在科尔文身边蹲下来，伸出手，握住吹尘器。"谢谢你们所有人。"他冷笑道，"如果你们彼此信任的话，我永远也拿不到它。"

18

箱子里

欧维斯特蜷缩在厨房的一个角落里，双手被绑，肩上插着的那根黑色的拨火棍将他固定在墙上。自从他被抓住，就再也没有抬起过头。科尔文和十二月在他面前，也被背靠背绑了起来。

"你们之所以还活着，是因为维斯佩罗希望他杀死妖怪的时候有观众在场。"梅佐迪说。他得意扬扬地在厨房里溜达，更确切地说，是在一片狼藉的厨房里溜达——柜门的油漆剥落，抽屉被他们翻得乱七八糟，铜锅和长柄勺被他们从墙上的钩子上扯下来。他在储藏室和果酱罐间里一顿忙活，拧开罐头盖子，把一根手指插进果酱里，然后舔了舔指肚。

"你为什么不用你的魔法？"科尔文突然打破沉默，对他的哥哥低声说。

十二月歪了一下头，看到身后有一团不安的黑色的鬈发朝欧维斯特那边飘动。科尔文一定很生他的气，因为一直以来，他都没告诉弟弟他会魔法。

欧维斯特勉强抬了一下头，接着，眼睛又盯回鞋尖，他似乎也很伤心。科尔文假装信任他，原来只是为了从他眼皮子底下偷走吹尘器。"我不能。"他说。

"你本可以成为下一任妖怪。本来该是你和爸爸一起学习，练小提琴，等待冬天结束。可是，你走了，我却被囚禁在这里。"

"我冒着生命危险回来了。而且，你错了，我永远不可能成为妖怪。"

十二月听到科尔文在她身后发出坐立不安的动静。"你会魔法，我看见了！"

"你们安静点儿！"梅佐迪在房间另一头喊道。

欧维斯特摇了摇头。"我的魔法和你们的不一样。"确定梅佐迪正忙着往一片发硬的面包上涂一层厚厚的果酱后，他继续说，"我可以像其他妖怪一样蒸发，但只有在我……"他把头埋进围巾里，脸上只剩下尴尬的眼神，"……只有在我吹口哨的时候才行。这很荒谬，我知道。"

"我不明白。"科尔文说。

欧维斯特叹了口气。"就像我说的那样。如果我想变身，就必须吹口哨：轻柔的、尖锐的，或者持续很长时间的口哨，如果我愿意的话，可以吹一首歌，或者把两根手指叠放在舌头下面那样吹口哨。可是，不吹口哨的时候，我就无法变身。这个问题很严重，因为妖怪应该避免引起注意。"他苦笑了一下。突然，一切都清楚了。这就是为什么欧维斯特说自己是一个"造化弄人的玩笑"，这就是为什么他能在房子里面迅速移动的原因。

每次欧维斯特出现之前，十二月似乎都能听到窗外呼啸的风声，门上生锈的铰链发出的吱嘎声。他们在走廊上遇到维斯佩罗的时候，欧维斯特其实不是逃跑了，而是消散了。他没有阻止她去穆恩罗先生的书房，不是因为他很熟悉这座房子，而是因为，他可以和他弟弟一样在裂缝间穿行，从锁眼钻进去。她揭穿他的真实身份之后，他大概也是以同样的方式从书房逃走的。

"哦！"十二月大声说，她从记忆中找到了更多的线索，"你房间里的画像是不是你的自画像？"她指的是挂在密室墙上那些杂乱模糊的线条。"交给穆尔库斯和弗林基做的衣服是给你的，不是给科尔文的，也不是给你父亲的！"

"穆尔库斯和弗林基？你告诉他们了，却没告诉我？"科尔文气愤地说。

"我也没有办法。爸爸的衣服我穿着太大了。"

接下来是一阵短暂的沉默，沉默中充斥着玻璃罐碰撞发出的叮当声、梅佐迪脚下枯叶的嘎吱声，还有科尔文的磨牙声——显然有什么疑问正卡在他的喉咙里。

"爸爸知道吗？"最后，他问。

"我小的时候差点儿告诉他了。"欧维斯特回答，"然后，就有了你。爸爸那么幸福、那么自豪。他能对我这样的人说什么？"

十二月想象穆恩罗先生站在傍晚阳光下的门廊上，嘴里叼着烟斗。

"他对我说的那些话，"她插嘴道，"也许隐含的意思是：你这个人虽然笨手笨脚的，但一样能表演杂技。"

欧维斯特的脸红了，他使劲摇着头，脸上的雀斑都要被他摇掉了。"我不知道怎么做，妖怪应该是隐秘而又无声的。"

"比如说，你可以伪装自己。在我看来，你已经做得很好了。而且，很多东西听起来都像口哨声：火车、轮船，还有路上的马车轮子，以及马尔霍尼小姐的笑声。"

"你怎么知道的？"

"是科尔文告诉我的。还有鸟、昆虫，屋檐上和窗框间的风……"

"茶壶！"科尔文突然说道。

十二月点头表示赞同："对，还有茶壶。"

"不，你看！"科尔文指着厨房另一头的梅佐迪——他正在摆弄着炉灶，胳膊上挎着一个铜水壶。

科尔文和十二月转过头，盯着欧维斯特。

"你们不会是要我……"他一边说，一边惊慌地看着坐在点着火的炉子上的茶壶。

"如果你在适当的时候变身，梅佐迪是不会发现的。"十二月说。

太阳快升起来了。如果想阻止维斯佩罗打败妖怪家族，他们必须在天亮前采取行动。

"不知道你们注意到没有，我的肩上还插着一根拨火棍。"

"我的脚上也被插过拨火棍，我就没这么多牢骚。"科尔文说道，面带一丝冷笑。

欧维斯特瞥了他一眼，然后闭上了眼睛。十二月明白，他接受了这个挑战。

欧维斯特深深地吸了一口气，又深深地呼出一口气。这个过程持续了几分钟，直到茶壶发出高亢的嘶嘶声，一股热气从壶嘴里喷出来。

"去吧！"十二月低声说道。

欧维斯特把憋在嗓子眼儿里的一口气全部吐了出来。接着，他的脸色沉了下来，有一部分原因是紧张，还有一部分原因则是因为他的脸上开始冒烟。他的身体在墙上的拨火棍周围消散，化为一片乌云在空中盘旋上升，一直升到天花板上。口哨声被茶壶的噗噗声淹没，模糊的轮廓消散在一浪又一浪的蒸汽之中。

梅佐迪完全没有察觉。

欧维斯特轻松地落在他的身后，从炉子上抄起茶壶给了他脑后一击。维斯佩罗的狗腿子"哼"了一声，翻了个白眼，然后便昏过去了。

欧维斯特用墙上的一个锋利的钩子磨断了捆住手腕的绳子，便立即跑过去给科尔文和十二月松绑。

看到绳子在十二月身上留下的痕迹，欧维斯特不禁担忧地轻抚了一下，女孩立刻疼得打了个哆嗦。

"快过来！"科尔文喊道。

欧维斯特急忙把绑住弟弟胳膊和腿的绳子也解开。然后，他用绑他们的绳子把梅佐迪捆了个结结实实。

"你还在等什么？还不去把它拿回来？"科尔文指着插在墙上的黑色的拨火棍。

"我左手不擅长使用武器，右肩膀又受了伤。"他的哥哥解释说，"如果维斯佩罗解除了我的武装，这根拨火棍会成为对付我们的武器。得找个别的东西对付他。"

"这样的东西？"科尔文说着从一堆炊具中抽出一把巨大的铜叉。

"把它收起来。"欧维斯特命令道，接着，他把抽屉里的东西全都倒出来。

十二月注意到藏在桌子下面的箱子。她抚摸着刻有她名字的铜制名牌，屏住呼吸，掀开了盖子。她的东西都在：火钳、簸箕和扫帚，甚至还有她那顶蛋白酥形状的帽子！

显然，梅佐迪接到的任务是看管囚犯和箱子。

"小伙子们！"十二月戴着她最喜欢的帽子喊道。

科尔文和欧维斯特没有理她，他们正忙着斗嘴。

"我拿个大勺子能干什么……"

"你不需要用那个玩意儿打架，你可以用它挖眼睛……"

"小伙子们。"十二月又喊了一次，并把帽子扣紧。

"你等着吧，我会把维斯佩罗的一只眼睛挖出来。"

"他用一只眼就足以把你切成碎片。"

"小伙子们！"

不耐烦的十二月把两根手指叠放在舌头下面，吹了声口哨，终于引起了他们的注意。

"这些东西对我们有用吗？"她一边问，一边给他们看那些壁炉工具。

科尔文恶狠狠地笑了笑，把头埋进箱子里。

吊灯熄灭了，窗户敞开着，风把百叶窗刮得吱吱嘎嘎响。这阵风冰冷猛烈，甚至连影子都被吹得摇晃起来。只有灯罩后的火苗扛住了这阵风，在墙上投下朦胧模糊的光。

科尔文、欧维斯特和十二月来到大门口，他们冻得直打哆嗦，每人肩上扛着一个壁炉工具。十二月像拿着一把巨大的剪刀那样拿着火钳，以免碰到伤口。欧维斯特则选择了锥形手柄的铲子，因为那是最像刀的一把铲子。科尔文则勉强接受了扫帚。

"我更喜欢大叉子。"看样子，他对自己的武器非常不满。

"我跟你解释过，这些东西能有效抵挡维斯佩罗的进攻，因为它们和他的拨火棍是用同样的材料制成的。"欧维斯特说着，把铲子抛向空中，然后再伸手接住。

"是，可是，我……"科尔文想要反驳，但他的话被一阵可怕的木头的吱嘎声打断了。

维斯佩罗以极其缓慢的速度走下楼梯，仿佛他每走一步，台阶都会断裂似的。他一只手挥舞着金色的拨火棍，另一只手拿着木制吹尘器。

19

壁炉里

维斯佩罗的黑外套被风吹得鼓起来的，仿佛是由黑夜中焦躁号叫的阴影制成的。这让十二月想起了科尔文给她讲的那个故事里的狼。

"还是你们。"维斯佩罗说着，迈出了最后一步。三个年轻人紧紧靠在一起。维斯佩罗冷笑了一下，逐一打量了他们一番，目光在他们用自己的衣服撕成的布条包扎的伤口上徘徊。

"这里有一个不会攀爬的女杂技演员、一个不会格斗的剑客和一个小毛孩。"

科尔文举起扫帚，准备冲上前去，欧维斯特却一把抓住他的胳膊。

"天快亮了。让开！"维斯佩罗咆哮着，不再装模作样。

欧维斯特向前迈了一步。

"你已经用拨火棍跟我打过一架并且输了，所以还想再试一次吗？"维斯佩罗一边说，一边轻蔑地看着那把铲炉灰的铲子。

"对。"欧维斯特微笑着说，坚定地握紧铲子的手柄，"我还想再试一次。"

他吹了声口哨，随即变成烟雾，瞬间滑到维斯佩罗的两腿之间。他挥动铲子，想将其铲倒，不料对方的速度更快——维斯佩罗身体前倾，把吹尘器搭在肩上，向欧维斯特喷出一股冷空气。欧维斯特用手捂住脸，当下就恢复了人形，并摔出去好几米远。

科尔文走上前去。他收缩面部肌肉，只见一缕缕黑烟从他身体的各个角落冒出来。他已经又可以变身了，但持续的时间不长。维斯佩罗也冲科尔文使用了吹尘器，这个可怜的孩子周围的烟雾瞬间消失。

现在轮到十二月出手了。她用火钳钩住这个刺尘成员的脚踝，迫使他单膝跪地。

"又是你！"维斯佩罗咆哮着，粗壮的腿轻轻一动就摆脱了那把火钳。

科尔文和欧维斯特从两个方向重新发起进攻。有那么一瞬间，十二月都看傻了：黑色的斑点和金色的亮光把大厅变得色彩斑驳。

由于脚上有伤，无法飞行的科尔文选择从下面进攻，欧维斯特则试图用铲子在地板上发出尖锐的声响来掩盖他的口哨声。每当两个人中的一个变身烟雾，维斯佩罗便会拿吹尘器朝其喷射；每当两个人中的一个试图攻击他，维斯佩罗都会无比敏捷地挥动拨火棍先发制人。

这时，一束曙光从三楼的窗户照了进来。

"我受够你们了！"维斯佩罗怒吼道，旋即揪住科尔文烧焦的衬衫领子，用从十二月手里夺过来的火钳将他钉在楼梯的栏杆上。

接下来，他可以专心对付那个哥哥了。

欧维斯特不但力气更大，而且拥有剑客的敏捷。他躲开了维斯佩罗的大部分进攻，并果断地冲上前去，抢过吹尘器并扔在地上。气急败坏的维斯佩罗则用棍柄击中了他的脸，使他失去了知觉。

十二月无助地看着被制伏的穆恩罗兄弟俩——科尔文在离地

一米半的地方摇晃，正气喘吁吁地蹬着腿，想要下来。他的体力还没有完全恢复，火钳的合金削弱了他的力量。欧维斯特则躺在地上，正昏迷不醒。十二月担心的最糟糕的情况出现了。

她必须在维斯佩罗拿回吹尘器之前做点儿什么。

于是，她向前一跃，抓住吹尘器，然后撒腿就跑。

她跑过门口，穿过书房没有上铰链的门，躲到穆恩罗先生的写字台后面。

"出来！"维斯佩罗在她身后吼道，"出来，擦鞋童！"

擦鞋童。他为什么这样叫她？

金色的拨火棍砸在桌子上，碎纸片倾泻在她头上。十二月在摆满旧书的书架间悄悄地移动着。

"擦鞋童。"维斯佩罗又喊道，可怕的声音在墙壁间隆隆作响。

十二月加快脚步，从写字台旁边穿过去，然后侧身躺下，在没有点燃的壁炉前的那张拱形腿的桌子下面滑动。最后，她在隔热板旁蹲下来，摆好木柴，并拿起一盒火柴。

"擦鞋童。"维斯佩罗又在大叫。

十二月点燃了一块木头，并把它扔在木炭上，然后对着木头吹气助燃。她必须彻底烧毁这个吹尘器。一个星期前，她做梦也想不到她会毁掉这个唯一能保护她免受妖怪攻击的东西。而现在，她终于明白了穆恩罗先生那句话的意思。他对工作的奉献精神激励了她，她知道自己可以信任穆恩罗先生，就像信任科尔文和欧维斯特那样。

她准备把吹尘器扔进火堆里。

然而，就在这时，维斯佩罗终于出现在她面前。他用布满老茧的巨大的手指绕住她的脖子，使劲掐了下去。

"我认出你来了，你知道吗？你是那个福斯科街的擦鞋童。你从一开始就给我制造麻烦。你就是这样得到这份工作的，对不对？你偷走了我口袋里的剪报。你知道我花了多长时间才找到另一份报纸的吗？"

十二月感觉呼吸急促，她眨了眨眼，意识到自己是知道答案的——一个星期。他花了一个星期的时间才找到另一份那天的报纸，也就是她住在穆恩罗家的这段时间。因为没有找到报纸，不知道地址，所以刺尘才推迟了进攻的时间。

"报纸就在鞋底下，我什么都没偷。"她试图解释，但维斯佩罗不想听她说话。

"此外，你还毁了我最漂亮的鞋。"

维斯佩罗举起拨火棍，准备发起攻击。

就在这时，一股猛烈的浓烟从壁炉里飞出来，科尔文出现在十二月身边，他炽热的手紧紧攥着那根金色的拨火棍，棍子开始变红，慢慢地开始弯曲。

"你知道，对我来说，什么东西比锋利的拨火棍更可恨吗？"小男孩说着，与此同时，烟从他的耳朵里冒了出来，"告诉他，十二月，告诉他我最恨什么。"

"熄灭的壁炉？"十二月嘟囔道。

科尔文摇了摇头。

"他。我恨他！"科尔文双手抓住金属拨火棍，将其拧得更弯。

维斯佩罗惊恐地看着那根金色的拨火棍变成了一个又薄又弯的铁片。他将其扔在地上，恐惧地连连后退，直到后背撞上一个摆满书的架子，他才狂笑了一声。

"你们以为你们打败我了吗？太阳就要升起来了，吹尘器又回到了我手上。"

他挺起胸脯，用一股可怕的力量将整个书架撞倒。书页像一群蝙蝠，在科尔文和十二月头上振翅飞起。刹那间，天昏地暗。

"科尔文，你还好吗？"十二月一边问，一边在皱巴巴的书页间摸索。

"我没事。"科尔文从书页中挣脱出来，问道，"维斯佩罗在哪儿？"

十二月指着彩色玻璃窗，太阳半遮半掩地从树林里露出头，粉红色的光遮住了冷杉树的叶子。

"朝大门口去了。"

他们快步走出门外，来到门廊上。

维斯佩罗走得很慢，显然，他被这场打斗搞得筋疲力尽。

"我们怎么拦住他？"科尔文问。

十二月环顾四周。她在被藤蔓植物缠绕的木凳旁看见了马尔霍尼小姐的绣花篮。她有主意了。她从线团中间拿出一个木头的绣花绷子，用两根手指捏起来。不过因为手受了伤，她一哆嗦，绣花绷子就掉到了地上。

"我连这个都拿不住，还是你来扔吧。"她说着将那个手镯大小的绣花绷子递给科尔文。

"我没干过这种事。"

"我可以教你。"

科尔文点点头。他拿起一个绷子，举到鼻子前面，遵照十二月的指示，瞄准，然后投掷。然而，绷子在半道上就拐弯了，落在小路旁草地上的一堆枯树叶里。

维斯佩罗已经走远了。

"再来一次。"十二月说着，又递给他一个木头绷子。

科尔文又扔了一次，这次，绷子在石板路上滑行，离维斯佩罗的鞋跟只差一步，但还不够。

"我扔不了了。"

"你必须再试一次。"

"你没明白——没绷子了。"

十二月环顾四周，此时维斯佩罗已经快走到大门口了。

她别无选择，只得摘下头上那顶蛋白酥形状的帽子，交给科尔文。

"把帽顶烧掉。"她说。

"什么？"科尔文说，"不行，这是你最喜欢的帽子。"

"就这一次，照着我说的做！"十二月喊道，摆出保姆的威严，"烧掉帽顶，再试一次。"

科尔文点了点头。他把一只炽热的手放在帽子上，把饰带、衬里、丝带全都烧成了灰，直至剩下一个又小又圆的帽檐，中间还有个洞。

此时，维斯佩罗已经彻底走远了。有一团烟雾，像一群乌鸦似的遮蔽了桃粉色的天空——穆恩罗先生已经在回家的路上了。

只见维斯佩罗举起了吹尘器。如果他让正在飞行的穆恩罗先生变回人形，穆恩罗先生一定会摔伤的！

"扔，科尔文！"

于是，科尔文抓起十二月的帽檐扔了出去。帽檐向前一跃，沿着撕裂的边缘旋转、冒烟。就在维斯佩罗沿着小路迈出最后一步时，帽檐套住了维斯佩罗的脚踝。他因此向前扑倒，吹尘器也脱手而出。

接着，那团乌云落在他的身上，将他举起，越过他们的头顶，然后越过屋顶，最终不知道把他带到哪儿去了。

20

大结局

"我做到了！"科尔文大喊着跑过去，想拥抱十二月，却突然停了下来，"我不想烫到你。"他微微一笑，说道。

欧维斯特也出现在门口。他一只手抓着肩膀，一只手在按摩头部："如果他提议拥抱，我会接受。"

"欧维斯特，你还活着！"十二月大喊着，伸出手搂住他的脖子。

"呃……"他呻吟了一声，同时，两颊染上了和他的头发一样的绯红。"我在跟科尔文说话，这次我没有发牢骚。"他一边说着，一边用一双又大又黑的眼睛凝视着十二月。

十二月正要说点儿什么，突然听到身后有人清嗓子。

"哦，穆恩罗先生！幸好您没事。那个人呢，维斯佩罗？"

"我把问题解决了。"

"您把他……您把他……"十二月结结巴巴地说道，她已经想到了最糟糕的情况。

"没错，"穆恩罗先生面色阴沉地点了点头，"我已经把他交给有关部门了。"

十二月松了一口气，穆恩罗先生真是个好人。

"欧维斯特。"穆恩罗先生声音低沉，表情严肃地看着他的儿子。

欧维斯特想微微鞠一躬，但肩膀的疼痛令他无法这样做："你好，爸爸。"

"告诉我这里发生的一切。"

科尔文、欧维斯特和十二月轮流给妖怪讲了那天晚上发生的事，没有漏掉任何细节。科尔文吹嘘自己如何忍受一根拨火棍插在脚上带来的疼痛，还说他徒手掰弯了另一根拨火棍。十二月为打碎一盏油灯和扯下书房的窗帘道歉。欧维斯特则谈到以维斯佩罗为首的犯罪组织，谈到他如何挫败他们的计划，以及如果没有科尔文和十二月帮忙，他绝不会成功。

"我对那些刺粉一无所知。"穆恩罗先生捋着胡子说。

"刺尘，爸爸。他们叫刺尘！"欧维斯特气呼呼地说。

"当然，当然。我必须给家族打个报告。不过更重要的是，我认为这是属于她的。"说着，他用那只中间有个洞的发黑的手把木制吹尘器递给十二月。

"穆恩罗先生，我不配，"十二月说，"我违反了做保姆的第一准则。昨天晚上，我让科尔文离开了我的视线，将他置于危险的境地。如果您想解雇我，我能理解。"

"那其他准则呢？"妖怪问。

十二月转了转眼珠："其他准则？"

"您也违反了那些准则吗？"

"我真的不知道其他的准则。"

科尔文走上前，露出那只用衬衫袖子包扎的脚："她照顾了我。"

"怎么照顾的？"他父亲问。

"嗯……"科尔文挠了挠头，"她把我抱在怀里，她帮我洗了澡，我们还一起玩来着。"

十二月露出微笑。这个孩子没有说谎，至少说的不全是谎话。

"她把科尔文的生命看得比自己的还重要，就像他的姐姐一样。"欧维斯特补充道。

穆恩罗先生捋了捋胡子："如果是这样，我不会解雇她。相反，我还会给她升职。"

十二月开心得想要翻个跟头。此前，无论做什么工作，她都没能干超过一个星期，更别说升职了。

"哦！"她受宠若惊地大声说，"那么，具体的工作内容是什么呢？"

穆恩罗先生抻平发黑的西装袖口："从今天起，您将负责照顾两个妖怪的儿子，而不是一个。"

十二月向欧维斯特投去惊讶的目光，男孩对她尴尬地笑了一下。

"尽管，事实上二者中的一个已经长大了。"

"这么说，欧维斯特要回家了？"科尔文扯着父亲的衣服问。

"是的，如果他愿意的话。"

穆恩罗先生和他的长子长久地望着彼此，交换了一个默契的眼神。

"爸爸，有件事我必须告诉你。"欧维斯特说完，陪父亲一起进了屋，留下科尔文和十二月坐在门廊的台阶上。

"这里到底出了什么事？"

这时，马尔霍尼小姐沿门口的小路一路小跑过来，声音里充满担忧，目光则如往常一样高深莫测。她伸长脖子，窥视着屋内的情况。"把这个烂摊子收拾干净要花上一整天的时间！"她一边说，一边打量到处是炉灰、尘土和木屑的门口。"最好现在就开始收拾，你们拿着这个。"说着，她把一只手伸进那个在她身侧撞来撞去的大包，从里面掏出两个小布袋，给了十二月和科尔文一人一个。"快到早餐时间了。"说完，她卷起袖子，消失在门内。

十二月打开布袋。当她看到一个涂满闪闪发光的樱桃果酱的金边曲奇时，她的眼睛激动得闪着光。她正要把曲奇往嘴边送，就在这时，一块折断的木板突然在她身后爆裂，十二月被吓了一跳，那块曲奇也滚落到草地上。

瞬间，她感觉泪水刺痛了眼眶，过往的悲惨遭遇全部涌现出来：她被烫伤过，从高处掉下去过，还失去过她最喜欢的帽子……她的委屈泛滥无边。

"给你。"科尔文说道，然后掰开他的那块曲奇，递给她一半——虽然是比较小的那一半。十二月心怀感激地接受了。

"你对维斯佩罗说的话是真心话吗？"科尔文问她，"恐惧让人变得更加勇敢？"

　　十二月挑起眉毛。

　　科尔文的脸红了："我在油灯里时听你说的。"

　　十二月望着花园与树林交接的地方，这里看起来像一座柔软的白色海洋里的黄色岛屿。

　　"如果我说是，你会更听话吗？"

　　"不，但我可以成为妖怪。"科尔文窃笑道，一口吞下他的那半块曲奇。

　　这是他第一次微笑着谈论自己的未来。

　　"到时候，我希望我还在这里。"十二月说完，终于咬下了第一口曲奇。

致　谢

　　和科尔文不同，对我而言，感谢很容易，也很必要。

　　我感谢比阿特丽斯和保罗，他们把一团乱麻似的文字和一堆模糊不清的想法变成了一部真正的白纸黑字的小说。我终于知道吹尘器去哪儿了。

　　感谢弗朗西斯卡的建议和耐心。她用插画，像大七变魔术一样，给十二月穿上可以登台的服装，并在书架上摆满藏书。

　　衷心感谢埃莉奥诺拉，是她第一个跨过穆恩罗家的门槛，明白妖怪其实是个好人。感谢都灵霍尔顿学校2B班的孩子们，你们棒极了，你们很抢戏：西尔维娅、吉亚达、比阿特丽斯、弗朗切斯科、爱丽丝、乔琪亚、保拉、大维多利亚、小维多利亚、罗塞拉、西蒙尼、托马索、大卫、苏珊娜、梅里、莉亚、乔瓦尼、贝内黛塔和爱德华多。我们曾坐在高草丛中，坐在"大厅"里，在贝亚家，一边喝咖啡，一边聊这本书。

感谢费德里卡在院子里的那通电话，没有那通电话，我不会迈出这一步。

感谢多年来一直倾听我、鼓励我的朋友们，特别是内拉和安东内拉，她们想方设法陪在我身边。你们是朋友，也是楷模，掌声和鲜花是献给你们的。

感谢我的爸爸妈妈和我的教母，他们在我害怕时，紧紧握住我的手。感谢我的家人的关爱与支持，如果我可以飞翔，那是因为我有一个温暖的家可以回去。

感谢我的丈夫。当天黑下来，想象力消失时，他总会点亮一盏小灯。这个故事也是属于他的。

最后，再次感谢比阿特丽斯，给了我这个笨女人一个机会。

奇想文库

为当下和未来建造一片奇思妙想的自由天地

"奇想文库"以"奇想"命名，承自"奇想国童书"这个品牌名，是奇想国专门为6～12岁中国儿童打造的经典儿童文学书系，其意义源自我们的出版理念：

奇思妙想，是人类最宝贵的精神财富之一；

奇思妙想，帮助我们大力拓展知识疆界，创新求变，为世界带来无限可能性；

奇思妙想，使我们永葆天真好奇的目光，更敏锐地感知世界，体会快乐和幸福。

奇想国童书希望通过自己的出版物，帮助孩子和大人终身拥有奇思妙想的能力。

丰富的、自由的、无边界的、充满创造力的想象，在科学领域之外的文学世界，特别是儿童文学领域，拥有另一个广阔的舞台。优秀的儿童文学作品以出色的遐想和精彩的故事，带领小读者上天入地、通贯古今，自由穿梭于幻想与现实的天地，去探索无限丰饶的人类精神和无限奇妙的世界万物。真正优秀的儿童文学作品，必将滋养出拥有充沛想象力、丰富感受力、善良同情心以及出色表达力的孩子，帮助他们成长为一个快乐的、有趣的、符合未来社会发展需求的人。

"奇想文库"以"想象"与"成长"为主线，以"名家经典"和"大奖作品"为选品标准，在世界范围内为中国孩子甄选优秀的"幻想小说"和"成长小说"，让孩子通过持续的、多样化的阅读，为成长解惑答疑，为梦想插上翅膀，健康快乐地成长。

小心！怪物雅克出没！他浑身长满长毛，专吃小孩。不过，他只吃"好孩子"，一旦吃了"坏孩子"，不仅会消化不良，还可能危及生命。可是，世界上的"好孩子"越来越少了。终于有一天，饥饿的雅克因误食"坏孩子"而中了毒。奄奄一息之际，一个天使般的小女孩救了他。面对送到嘴边的"美食"，雅克会如何选择呢？

乔纳斯，一头机械鲨鱼，曾经的电影宠儿，渐渐沦为怪物乐园里故障频出的"小丑"。为了躲避被扔进垃圾场的厄运，更为了实现自己的心愿——变成一头真正的大白鲨，乔纳斯踏上了一场危机四伏的海洋历险之旅。经过这场艰难的旅程，乔纳斯开始明白，拥有真正的生命很重要，而赢得他人的尊重和爱更重要……

从前，在一座阴森的城堡中，住着一位邪恶的公爵和一位美丽的公主。来向公主求婚的人，都必须通过公爵的考验，为此丧命的人不计其数。有一天，乔装成吟游诗人的佐恩王子来到了这里……他能成为幸运的闯关成功者吗？魔法、宝石、怪物、王子、公主、女巫，老掉牙的童话元素在美国文坛巨匠詹姆斯·瑟伯的笔下，有了另一番味道。

家住矢车菊街区的莫莫酷爱读书。一天，他在读书时结识了一位神秘的老人。老人自称爱德华先生，他封莫莫为"矢车菊街的小王子"，自己则化身王子的"贴身护卫"。他们一起读书，还策划了一场轰动全市的秘密行动，让街头的墙壁上"开满了花"，使原本阴沉沉的街区焕发了生机。可是有一天，爱德华先生却不辞而别。莫莫终于找到了他，揭开了爱德华先生身上的秘密……

夜深了，迈克尔在临睡前要求爸爸讲一个故事，而且故事里必须有狼！没想到，这个关于狼的故事怎么也讲不完，因为迈克尔总会提出新的要求。于是，这个故事越讲越长，加入了父子俩的各种奇思妙想，有母鸡彩虹，有保卫鸡舍的小男孩吉米·拖拉机轮，当然，还有一头名叫沃尔多的狼。这个狼的故事会有一个什么样的结局呢？

这是一场严峻的布丁保卫战：成熟老练的水手、憨态可掬的企鹅和聪明睿智的考拉是"职业"布丁主人，负责保护脾气暴躁、俏皮可爱、永远吃不完的魔法布丁。负鼠和袋熊这两个布丁小贼绞尽脑汁，想通过乔装打扮"拐走"布丁。有那么几次，布丁真的被"拐跑"了，布丁主人们"沉着应战"，展开了一次次夺回布丁的英勇行动……

莫琳·斯旺森是出了名的"闯祸精"。一天，她成功闯入了荒废多年的梅瑟曼老宅。在那里，莫琳发现了七幅画像，而画像里的女子居然会动！莫琳无意中捡到了一条鸽羽手链，并将它带回了家。谁知，手链的主人——画像中的一位女子竟然追到了莫琳家！莫琳回到梅瑟曼老宅归还手链，却发现自己被困在了多年以前这座宅子的主人生活的年代。莫琳还能回家吗？

科林梅森是家里四个孩子中的老大，一直是妈妈最信任的好帮手。可是有一天，他突然发现，原来自己还有一个顽劣成性、举止粗鲁的姐姐，而这位神秘的姐姐身上似乎藏着一个秘密。警觉的科林悄悄跟随她，穿过壁橱，来到了一座极尽奢华的城堡。科林的弟弟妹妹们也接连发现了壁橱后的世界。面对诱惑，孩子们会迷失在这里吗？

我是老鼠斯宾雷克，四只鼠宝宝骄傲的父亲，蕾茜娜忠诚的丈夫。一场飞来横祸将我们的家摧毁了，于是我们决定去寻找传说中老鼠的梦幻家园——鼠登堡。途中，我们遭遇了数不清的危险，也遇到了各种有趣的生物，其中有敌人，也有意想不到的朋友。在家族之星的指引下，我们最终到达了鼠登堡，却发现，那里和我想象中的不太一样……

格蒂永远有任务在身。这一次，为了实现自己的秘密目标，她的任务是成为全宇宙最优秀的五年级学生！然而，她遇到了一个强劲的对手——班上新来的女生玛丽·休。面对玛丽·休的处处压制、同学们的误解猜疑、老师难以捉摸的态度，善良、执着、行动力超强的格蒂能够顺利完成任务吗？她的秘密目标能够实现吗？

秋天来了，镇上发生了一桩怪事，所有的叶子都没有落下来。原来，叶子莉娜和叶子伊皮相爱了，他们不想分开，于是联合其他树叶对抗了自然法则。而同时，红松鼠斯奎莉默默喜欢上小狐狸沃尔波，喜欢透过树洞悄悄看他，可树叶恰巧挡住了她的视线。为了查明树叶不再掉落的原因，她不畏艰险，跋山涉水……出于各自对爱的理解和坚守，斯奎莉和叶子们分别会做何选择呢？

因为家庭变故，爸爸将奥利维娅和妹妹内莉托付给乡下的明蒂奶奶照顾。谁知，明蒂奶奶对照顾孩子一窍不通，却对门廊外杂草丛生的大花园无所不知。奥利维娅在奶奶家找到了一本书，里面提到了一座神秘花园，邪恶的精灵把八个孩子变成了花园里的花，至今没有人能找到他们。姐妹俩发现，书中的花园似乎就是明蒂奶奶家的花园！她们真的会在这里找到那些迷失的花童吗？

艾达·B天性活泼开朗，果树和小溪都是她的好朋友。因为不喜欢学校的束缚，她由爸爸妈妈辅导，在家上学。可是妈妈不幸罹患癌症，为了支付医疗费用，爸爸不得已出售了部分果园，并将艾达·B送回了学校。艾达·B无法接受生活的剧变，决定把自己的心化作一块石头，执拗地对抗周围的一切。老师的耐心、同学的友爱、父母的宽容，能为艾达·B解开心结吗？

在一次人类的突击围剿中，小狗埃尔维斯失去了相依为命的妈妈，从此沦为一只流浪狗。困顿彷徨中，他依稀记起了妈妈生前对他的嘱托：寻找属于自己的家，寻找生命的真正意义。然而，命运却为他准备了太多的"惊喜"。他流浪街头，饱受欺凌、饥饿和伤痛，甚至被一群大狗当成"讨饭工具"。一次意外让他遇到了好心的主人——善良的小女孩安娜。在新的家庭，埃尔维斯能否找到真正的归宿？

凯特性格孤僻，举止粗鲁，谎话连篇，还被学校留级了；希拉丽则恰好相反，是所有人眼中的"乖女孩"。凯特宣称自己家脏乱的院子里有一座"精灵村"，里面住着精灵。学校的孩子对此全都嗤之以鼻，唯有希拉丽将信将疑，并答应和凯特一同照料"精灵村"。在凯特的指引下，希拉丽时不时会发现一些精灵的"蛛丝马迹"。就在希拉丽以为精灵的所有秘密呼之欲出时，一个残酷的真相被无情地揭开……

蛇和蜥蜴是戈壁滩上一对外貌和性格都迥异的好朋友。蛇机灵睿智，蜥蜴包容果敢，他们共同经营一所"助人中心"，自称"超级帮手"，为遇到困难的动物提供"咨询服务"。戈壁滩每天都上演着意想不到的冒险。蛇和蜥蜴之间一个个"相爱相杀"的小故事，令人忍俊不禁。

戈壁滩上的蛇和蜥蜴这一对好朋友的"助人生意"还在继续。然而，灰兔的出现抢了他们的"生意"，原先他们的洞口总有动物络绎不绝，现在突然变得静悄悄的，蛇和蜥蜴会想出什么妙招呢？蛇和蜥蜴作为"超级帮手"，在戈壁滩上的名气越来越大，蜥蜴的几十个姑妈们假借关心蜥蜴，在蛇和蜥蜴的款待下，竟然不打算离开了，大有"鸠占鹊巢"的意思，这可怎么办……

暑假到了，艾略特却高兴不起来。他被父母送去一个离家十万八千里的渔村，还要跟素未谋面的厄尔爷爷待一整个暑假。渔村的生活比想象中的还要艰难：厄尔爷爷做的饭难以下咽，村里出了名的刺儿头找他麻烦……幸好他认识了一群小伙伴。他们一起游泳、野餐、看星星，还发现了一座秘密图书馆……

威廉和姐姐梅丽莎原计划去新西兰皇后镇过一个"超级豪华"的暑假，不料却在父母的"威逼利诱"下，被安排和嬉皮风的祖父母一起住进乡下的度假小屋。在那里，他们经历了一系列难忘又令人啼笑皆非的事：修理度假屋、学习开车；过一种没有电、没有手机，只有彼此真诚陪伴的日子。这个一开始看似"原始"而无聊至极的假期，最终却意义非凡。

在曾祖父母的阁楼里，小女孩艾米无意间发现了姑妈的一座娃娃屋。从娃娃屋里，不时传出刮擦声和小跑声，里面玩偶们所在的位置也总在悄然变化……玩偶们是在试图告诉她些什么吗？他们的移动，和曾祖父母遭遇的那起悬案有关吗？艾米和妹妹露安以及朋友埃伦一起寻找线索，终于揭开了多年前的谜案……原来，这世上比案件更复杂难辨、更值得追索的，还有人心和情感。

十岁的露丝和家人一起从古巴移民到美国，开始了新生活。只是生活在全然陌生的国度，并非易事。原本成绩优异的她，却因为英文程度不佳被分进"差生班"。幸亏爸爸一直用勤勉的付出感染着大家，并鼓励他们一步步实现梦想。然而，一场始料未及的车祸犹如一座看不见的牢笼，一举将那个曾经活泼开朗的女孩，牢牢地禁锢在幽暗的生命谷底……

在一个风和日丽的早晨，刺猬杰斐逊打算去修剪一下脑袋顶上的小刺儿，却撞上理发店里发生了可怕的命案，而他被当成了犯罪嫌疑人！为了自证清白，杰斐逊在朋友的帮助下，努力驱赶心中的恐惧，鼓足勇气踏上了一场惊心动魄的破案之旅。等待他的将是充满未知的人类世界、无法想象的艰难险阻，当然也有来自好心人的善意和友谊！

在冰海上，流传着关于海盗船长白头的故事。据说，他有一艘巨大的海盗船，叫作"雪乌鸦"。他不要金银财宝，只抢孩子，个头儿越小越好，因为只有小孩才能钻进他的钻石矿，为他开采钻石。被抢走的孩子从此杳无音信，因为从来没有人敢挑战白头，直到一个刚满十一岁的女孩希丽为了寻找被掳走的妹妹，孤身一人踏上了穿越冰海的旅程……

为补贴家计，少年奎尔与伙伴们登上前往武士崖捕鸟的船。在荒凉的海蚀柱崖上，他们捕海鸟、拔羽毛、取鸟油，勇敢的奎尔还赢得塘鹅王的称号。恶劣的环境让少年们遍体鳞伤，对家的思念则支撑着他们在绝壁上奋力攀爬。然而，归期已至，接他们回家的船却没有现身……凛冬将至，生存更加艰难，内部矛盾也悄然滋生，少年们逐渐陷入焦虑和迷茫。他们被遗弃了吗？还是，世界末日已然来临？

还记得法国作家安托万·德·圣埃克苏佩里的朋友小王子吗？他回到 B612 号小行星了吗？猴面包树还在疯长吗？淘气的绵羊会吃掉他心爱的玫瑰花吗？在一个圣诞节，小王子又来到了地球，寻找在沙漠里遇到的那位朋友。他在一只乌鸦的陪伴下，四处寻访，领略了浓厚的节日氛围，遇到了形形色色的人，最终懂得了真正的幸福是帮助他人。

MISS DICEMBRE E IL CLAN DI LUNA

by Antonia Murgo

© 2022 Giunti Editore S.p.A./ Bompiani, Firenze-Milano

www.giunti.it

www.bompiani.it

The Simplified Chinese edition is published in arrangement with Niu Niu Culture.

Simplified Chinese translation copyright © 2024 by Beijing Everafter Culture Development Co., Ltd.

All rights reserved.

江苏省版权局著作权合同登记 图字：10-2023-309号

图书在版编目（CIP）数据

十二月小姐与月亮家族 / (意) 安东尼娅·穆尔戈著;
赵文伟译. -- 南京：南京大学出版社, 2024.5
书名原文: MISS DICEMBRE E IL CLAN DI LUNA
ISBN 978-7-305-28023-8

Ⅰ.①十… Ⅱ.①安… ②赵… Ⅲ.①儿童文学－长
篇小说－意大利－现代 Ⅳ.①I546.84

中国国家版本馆CIP数据核字（2024）第047031号

出版发行　南京大学出版社
社　　址　南京市汉口路22号　邮　编 210093
项 目 人　石　磊
策　　划　刘红颖

SHI' ER YUE XIAOJIE YU YUELIANG JIAZU
书　　名　十二月小姐与月亮家族
著　　者　[意]安东尼娅·穆尔戈
译　　者　赵文伟
责任编辑　邓颖君
封面制作　奇想国童书
项目统筹　孙金蕾
装帧设计　李燕萍

印　　刷　固安兰星球彩色印刷有限公司
开　　本　880mm × 1300mm 1/32开　　印　张　6.5　　字　数　150千
版　　次　2024年5月第1版　　　　　印　次　2024年5月第1次印刷
ISBN 978-7-305-28023-8
定　　价　38.00元

网　　址：http://www.njupco.com
官方微博：http://weibo.com/njupco
官方微信号：njupress
销售咨询热线：（025）83594756